私が作家になった理由

阿刀田　高

集英社文庫

目次

I

II

III

Ⅳ

V

私が作家になった理由《わけ》

I

読書好き

「読書はお好きですよね」

と中年婦人に尋ねられた。

「はい」

「どうしてお好きになりましたか」

「そうですね。ものごころのついたときから好きでした」

「うちの孫はきらいなんです。じゃあ、駄目ですね」

読書の好きな人は、たいてい幼いときから本が好きである。いくら読書のすばらしさを知って勧めようとしても「私は初めから好きでした」だけでは有効なヒントにはなりにくい。

――なぜ本が好きになったのか――

幼いころの自分の脳みその働きを考えてみた。

もちろんほとんどなにもわからない。気がついたら好きだったのだ。幼い思案なんて断片的で、取留《とりと》めがない。

だが、あえて言えば、

――あれ、かな――

と思いつくことがある。

私の家は言葉遊びをする家だった。たいしたものではない。祖母が手まねをしながら「人という字はナ、二本の棒が支えあっている。一つが倒れれば、もう一つも倒れる。だから人はみんな支えあわなくちゃいかんのだよ」

と言う。今でも祖母の口調が耳に残っている。食事のときには茶碗《ちゃわん》の底へ箸を動かして、

「米という字は、八十八と書く。米を作るには八十八も手間がかかる。代《しろ》かき、田植え、草取り、稲刈り……。だから一つぶ一つぶ大切に食べなきゃならん」

この習慣は今でも身についている。あるいは姉たちが、

「一かけ、二かけて、三かけて、四かけて、五かけて、橋をかけ、橋の欄干腰をかけ……」

このあとには西郷隆盛の娘が登場する手まり歌だった。それをみんなで歌って

楽しむ。ほかにもいくつか数え歌のたぐいを聞かされた。

兄姉や従兄《いとこ》たちが集まると、白い紙に四つのスペースを設け、それぞれが確か人名、地名、食べ物の名、そして動物名だった。だれかがアト・ランダムに、

「キ」

と叫び、五分くらいのあいだに頭にキのつく人名、地名、食べ物の名、動物名を書く。キンタロウ、キョウト、キンタロウアメ、キリン。一つ十点をもらえるが、二人が同じものを書くと五点ずつ、三人なら三点ずつ。よい点をとるためにはユニークなものを書かなくてはいけない。私はオランウータンという動物名を、この遊びゆえに覚えたはずだ。身のまわりの雑誌か本で知ったはずだ。知らず知らず気をくばっていたのではあるまいか。

あれからいく年月、四十歳になったころ、町角《まちかど》でオクラという野菜を見て、

「オのつく食べ物にこれを書けば十点だな」

こう思いついたのは……私の幼い潜在意識は、よほど強く物の名前に関心を抱いていたからではあるまいか。

読書は私の生涯を貫く貴重な営みだが、それをいつのまにか身につけたのは脳みその揺籃期《ようらんき》に言葉遊びに親しみ、言葉への関心を培ったからではないのか。

なべて子どもは言葉遊びが好きである。谷川俊太郎さんを始め、童謡詩の作者はこの手の詩を数多く創っている。それが幼い脳みそを読書へ誘う第一歩かもしれない。少なくとも私には、これが微妙に作用していたように思う。

双子の兄

男一人、女三人、そのあとに生まれた双生児の兄であった。生後一年もたたないうちに私が風邪を引き、それが弟に移って弟は早世した。弟は生まれたときの体重も少なく、体も弱かったらしい。私が母の胎内で養分を余計に貪ったにちがいない。ずっと後になって原罪という言葉を知ったとき、なにほどかの屈託を覚えないでもなかった。

母は体の弱い弟の世話をすることが多く、私はねえやに繁《しげ》く委ねられたらしい。多分そのせいだろう。三、四歳のころまで……どう言えばよいのか、母よりもねえやのほうが心安かったようだ。寝小便の朝も母には言えず、ねえやに訴えたことをよく覚えている。生まれた直後に養ってくれたのが〝母〟であるという動物の本能だったろうか。幼い子どもは幼いなりにいろいろと考えているものらしい。

弟が早く死に、坊さんが月ごと命日にやってくる。私は母の膝に抱かれて、お経を聞く。何度も、何度も……。家は真言宗で、お経の最後は（もちろん後で知ったことだが）決まって光明真言の名文句。〝オン・アボキヤ・ベイロシヤノウ・マカボダラ・マニ・ハンドマ・ジンバラ・ハラバリタヤ・ウン〟である。

毎月のことなので いつしか覚えたにちがいない。最後のあたりは（これも少し成長してからのことだが）〝兄《あん》にやが死んだら腹這《はらば》いたや〟と聞こえて、これがおかしくてたまらない。先に言葉遊びへの関心を綴《つづ》ったが……それが読書への誘いであったと書いたりしたが、もしかしたら、それより前に、このお経の文言《もんごん》に対する印象が私の脳みそにサムシングを与えていたのかもしれない。

八十年を超える年月を生きて自分の過去のさまざまな営みについて、なにが原因で、どうしてそうなったか、説明のできることも多いが、それとはべつに、なんだかわかりにくいものが……説明のつく出来事より前に、それをもたらした微妙なものが潜んでいるように感ずることがある。

音楽家や画家やアスリートは、その才能を早く発見されるだろうが、小説家は、私の場合は言葉への関心が大きかったような気がする。

私の幼いころ父は新潟県の長岡市と東京の杉並区に家を持っていて、私は東京で一年生になった。しばらくは気の弱い、いじめられっ子だった。

戦争が激しくなり、四年生のときに長岡へ疎開、ここでもいじめられたが、なにしろ米どころだから小学校でも農作業が課せられる。慣れなくて、つらかった。しかし、生きるための基本とも言える米造りを一通り体験したことは、

――わるくなかった――

深いものを私の中に培ってくれたような気がする。

疎開をしたにもかかわらずここで市の四分の三を焼く大空襲にあう。真夜中にB29が群れとなって上空を飛び、無防備の町は火の海と化した。父はまず自分が幹部を務める会社の工場へと自転車を走らせる。工場が無事なのを見てから、家族が肩を寄せあっている家へ戻り、

「みんな無事か」

私たちは郊外へ逃げ、さいわい焼失していなかった家に戻って父を待っていた。

父は職場を優先し、家族を母に預けたのだった。家族より会社、だったのである。

――男なら、そうだろ――

戦時の教育を受けた小学生はそう思った。今ならば、どうだろう。

父の思い出

長岡市の大空襲。少しくり返すが、父はＢ29の襲来と焼夷弾《しょういだん》の投下を見て、夜をぬって会社へ自転車を走らせる。そして燃える火の中、運よく無事に戦火を逃れたわが家へ、家族の待つ家へ急ぎ帰って来たのだった。

「みんな無事か」

私たちはいったん郊外へ走って逃れ、百機を超えるＢ29の飛び去るのを見て、それぞれ家へ戻って来たのである。

父は会社の責任ある立場にあったからまずそこへ走ったのだが、平たく言えば職場を優先し、家族を母に委ねたのである。家族より会社、だったのである。

――男なら当然だろ――

戦時の教育を受けた小学生はそう思った。

――今なら、どうかな――

もうあんな惨事は起きないことを願っているが、このテーマは現在の一般論としてもむつかしいところでしょうね。

父についての思い出は、終戦後、確か中学三年生のとき、長岡から東京へ……東京見物へ連れて来てもらった。うれしかった。

そのころ私の家は長岡と東京にあり、私は小学四年まで杉並区で過ごし、疎開して長岡へ、そこで中学を卒業して東京へ舞い戻った、という事情である。だから東京は初めてではなかったが、小学生の昔と中学生はちがう。時代も戦中と戦後と著しく異なっていた。

銀座でアイスクリームの天ぷらを食べた。握《にぎ》り鮨《ずし》を初めて立ち食いで食べ、これがうまいのなんの、父が「いくらでも食べていいぞ」と言うから、その通り食べたのだが、

——お父さん、ずるいよ——

あとで母に「高《たかし》のやつ、見さかいなく食べやがって」と嘆いたらしい。

後楽園で巨人・阪神戦を見た。

「どこが一番強いの？」

父は少し考えて、

「阪神かな」

と言った。前年の優勝チームだった。父自身は巨人ファンだったが、そのことは言わず、私はこのとき大負けした阪神に同情し、以来今日までずっと虎ファンなのである。

軍国少年

幼いころの私は、ご多分にもれず愛国的な軍国少年（幼年、かな）であり、大きくなったら〝兵隊さんになって、お国のために死ぬのだ〟と思っていた。が、私の家がリベラルな気配を持っていたせいもあってか、成長するにつれ、聞こえて来る戦争の悲惨さを知って、

——神風はいつ吹くのかなあ——

と危ぶみ、住んでいる町の大空襲をまのあたりにして、

——へんだなあ——

と戦争への疑念を抱いた。

そして、敗戦。平和憲法の理念を……軍備を捨て不戦を誓うことを知って、おおいに共感した。友人の一人が、

「わるいやつが攻めて来たらどうする？」

というのを聞いて、

「そのときは死ぬのよ」

つい先日まで一億総玉砕を教えられていたのである。平和を守って死ぬのなら、わけのわからない犬死よりましではないか。

この考えは今でも私の中に伏在している。個人としては、

――人を殺すくらいなら自分が死ぬ――

そんな倫理を抱いているが、これを国家レベルにまで広げることは無理なのだろうか。いずれにせよ平和憲法を守るということは……丸腰で国を守るということは、やっぱり命がけの営みにほかならない。

敗戦を境にして大人たちの態度が百八十度変転したことはよく覚えている。このあいだまで軍国日本を称賛していた人が、急に民主主義者になったりして……私たち世代に共通な〝権威への不信感〟を私もそれなりに抱いたはずだが、そしてそれは生涯を通して私の深い部分に潜んでいると思うが、さいわい私の育った

リベラルな家族にそう大きな変化がなく、心のダメージは少なかった、と思う。

軍国少年のころは海軍に憧れていた。しかし近視がひどく、兄姉たちに、

「海軍は無理よ」

と教えられ、いったんはあきらめたが、

「軍医って手があるかも」

医学に興味を覚え、敗戦後も同じ志望を持ち続けたが、折からのペニシリンの普及、効果は覿面《てきめん》らしい。

――医学より薬学だな――

化学者になることを考え、これはしばらく続いた。中学生のときには化学実験に凝って水素を作り、酸素を作り、牛乳を分析し、石鹸《せっけん》を作った。硫化水素はおならの臭いに近く、いたずらに役立つ。どれもこれもレベルの低い実験だったが、独り勝手に楽しんでいた。

本は好きだったが、当時は子どもの読む本など、そう多くはない。ラジオから聞こえてくる落語に興味を覚え、父の本棚に落語全集を見つけて、

――これだな――

せっせと読んだ。ほとんどが古典落語のたぐいだったろう。二度も三度も精読

したので、今でも落語を聞くと、

――ああ、これは、こんなおちだったな――

ストーリーを思い出すことができる。

一番気に入ったのは『千早振る』という落語。横丁のご隠居さんが百人一首にもある名歌〝千早振る神代もきかず竜田川からくれないにみずくくるとは〟について、インチキな講釈を垂れるストーリーだ。竜田川という関取が吉原へ遊びに行き、千早おいらんに振られ、神代おいらんにも聞いてもらえず、廃業して豆腐屋になり……と、総ルビのページを熱心に読んで理解した。

子どもの本

もちろん子どもの本にも目を向け、いま考えると、

――ずいぶんと戦時色の濃い漫画だったなあ――

屈託がないでもないが〝のらくろ〟はおおいに愛読した。そしていまなお記憶しているのは、その中にあった言葉遊びで、敵のトンカツ将軍が弾に追われて逃

げながらつぶやいているのである。

「タマ　タマニ　アタマニ　アタル。タマニ　タマゲル　コリャタマラナイ」

子ども心にもうまいと思った。田河水泡《たがわすいほう》さんのアイデアなのだろうか。勝手な引用をお許しあれ。言葉遊びは作者の特定のむつかしい世界でもある。

まったくの話、私自身は（それだけが理由とは思えないが）言葉遊びへの関心から本に興味を覚え、本に親しんだ。

とはいえ子どもの本が身近にたくさんある時代ではなかった。

——なにを読んでいたのかな——

子ども向けのグリム童話を少し、これはおぼろげに覚えている。

あ、それから『船乗りシンドバッド』。母から読み聞かせてもらい、やがては手もとにあって自分で読んだ。千夜一夜物語の中の四話を子ども向けに書き換えたもので、〝アリババと四十人のとうぞく〟〝アラジンとふしぎなランプ〟〝空とぶ木馬〟〝船乗りシンドバッド〟と、どれもがみんなおもしろい。

そしてこの本の挿絵がまたすごい。ずっと後になって往時の人気挿絵画家・蕗《ふき》谷虹児《やこうじ》の手と知るのだが、本当に丁寧な仕事ぶりで感動してしまう。〝きんらんどんすの帯しめながら花嫁御寮はなぜなくのだろう〟の作詞でも知られる蕗谷虹児への憧憬《しょうけい》は今でも胸中にある。とにかく幼いころに夢の多い、楽しい物語を絵とともに知ったのは、やはり私の人生の宝物であったろう。

しかし読書と言えば……みずからが意図的に選んで親しんだ本と言えば、どこの出版社か、もともとそこには関心がなかったので覚えていないが、三冊本の落語全集である。終戦直後のこと、六年生かな、父の本棚にあるのを見て手に取った。ラジオから落語が流れて来てなんだかおもしろそうである。

落語全集

子どもの読む本が乏しい。仕方なく父の本棚にある落語全集を密《ひそ》かに読んでいた。母は知っていただろうが、知らんぷり。危険（かもしれない）な化学実験をやっていたことはすでに述べたが、母はなべて子どもを信じて〝立ち木のかげから、そっと見て〟いてくれた……あははは、これも言葉遊びで〝親〟という漢字を分解すると〝立ち木のとなりで見ている〟ではないか。

落語全集には、ところどころ余ったページに小ばなしが載っていて、これがまたおもしろい。
甲「与太、顔が赤ぇな」
与「ああ、酒のかす食った」
甲「豪気だな。同じ言うなら酒飲んだって言え」
……

乙「与太、顔が赤ぇな」
与「ああ、酒飲んだ」
乙「豪気だな。どんくらい飲んだ？」
与「かたまり二つ」
乙「馬鹿。酒のかす食ったな。同じ言うなら二合って言え」

……

丙「与太、顔が赤ぇな」
与「酒飲んだ」
丙「豪気だな。どんくらい飲んだ？」
与「二合飲んだ」
丙「燗《かん》か、冷やか」

与「焼いて食った」

七十有余年たっても覚えている。話がトントンとうまく進展していくおもしろさが頭に残り、これは短編小説を考えるのに役立ったのではあるまいか。

言葉遊びと落語と読書は私の頭の中でゆるやかに結ばれていて〝千早振る〟の縁で小倉百人一首にも興味を覚えた。陽成院《ようぜいいん》の〝筑波嶺《つくばね》の峯《みね》よりおつる男女川《みなのがわ》恋ぞつもりて淵《ふち》となりぬる〟も落語にあって、これは筑波嶺と男女川の大相撲。男女川は筑波嶺の峯のような体から投げ落とされ（背負い投げかな）ヤンヤの声がお殿様に届く。声が積もって「扶持《ふち》を取らせよう」となったのだ。扶持という武家社会の言葉をここで覚えた。ほかにも落語はたくさんの言葉を教えてくれた。

百人一首

落語に登場するのが縁で小倉百人一首そのものにも興味を覚えた。年ごろの姉が三人もいて、わが家では正月になるとカルタ取りをやる習慣があったのである。

姉たちが仲間と遊んでいるのを見て、

「入れてくれる?」

加わろうとしても、

「駄目。百人一首、知らないでしょ」

と邪険に追い払われてしまう。

──じゃあ、覚えてやれ──

六年生のころは二十首くらい、中学生では全部くまなく、上の句を聞けば下の句が浮かぶようになった。いくつかは落語式ではなく、本当の意味も知った。王朝文化の一端をかいま見るようになった。

後に『徒然草《つれづれぐさ》』や『枕草子』を学校で習うと小倉百人一首の暗記がとても役に立った。役に立ったというより、古典に対する関心を知らず知らずのうちに培ってくれて、これも一生の宝となった。今でも古典文学に触れ、必要があれば原文を読んで楽しんでいる。

──みんな〝千早振る〟の落語的解釈からだったなあ──

と、ふざけた入門に感謝している。

それにしても、話は少しそれるが、落語はすごい。笑い話から人情話まで稗史《はいし》伝説をからめてまことに多彩である。このごろになって……つまり自分自身が短

編小説の創り手となってアイデアを探し、そのかたわらで落語を聞くと、

——短編小説と落語と、ストーリーの構造に似たものがあるぞ——

有名な『芝浜』は、そのまま現代の酒飲みサラリーマンの夢物語になるし、『熊の皮』は、客に行き、そこで熊の皮の敷物に触って「あっ、家内がよろしくと申してました」と、俗っぽい話だが、主人公のユニークな連想が、思いがけないことを思い起こさせる、という構造が小説の発想に役立つ。プルーストがある日たまたま嗅いだお菓子の匂いが縁で、昔それを嗅いだときを思い出させ、そこから大作『失われた時を求めて』がなったのと発想の構造は共通しているのだ。多くの落語を対象にして、どんな構造があるのか、パターンを探してみたいけれど、もう私にはその仕事をする年月が残されていない。

大発明家

昭和二十二年（一九四七年）、六・三・三・四制が実施され、中学の新しい理科の教科書は『何をどれだけ食べたらよいか』だった。

折からの食糧難にまことにふさわしいテキストで、栄養摂取量は二四〇〇キロカロリ、基本となる栄養素は脂肪、蛋白質《たんぱく》、炭水化物と教えられた。

化学に興味を覚え始めていた私には絶好の内容で、テキストにあったのかどうか、牛乳の分析を実行。一合の牛乳を罎《びん》に入れ、一晩放っておいて上部をすくうと、これが脂肪分。試験管で振るとさらに固まってバターができる。残りの液に塩酸を加えると、カゼインという蛋白質が生じて凝固。濾紙《ろし》でこし取り、残りを中和すると、炭水化物、つまり糖分を含んだ甘い液になる、はずだが、これがむつかしい。カセイソーダを使うと塩分が生じて、これは甘さの大敵だ。アルカリ性を弱めた石灰水を用いると、強い酸性の塩酸を中和しにくい。五倍、十倍と石灰水を加えても、ままならない。第一、中和を計るリトマス試験紙がはっきりしない。この試験紙は酸性なら赤、アルカリ性なら青と、歴然と分かれるはずなのに赤紫色を呈したりして、

——これは、どっちなんだ。本当に中和したのかなあ——

と定まらない。

——現実は理屈通りにはいかないんだなあ——

と知り、もしかしたら、これは一生の知恵の一つとなったのかもしれない。

ほかにも草や藁《わら》など繊維質は構造的に糖分とよく似ていて、草食動物はこれを養分としているはずだ。胃の中の酵素が、繊維質を糖分に変えているのだから、

——よし、藁を糖分に変えてやれ——

近所でウサギを解体している人がいたので、その胃袋をもらい、内側の粘液をこそげ取って水を加え、そこに藁くずを浸して、二、三日のうちには甘い糖分に変わるはずだったが……これはもちろん失敗。

一週間ほど放置して、なめてみたが、

——よく腹をこわさなかったなあ——

身の危険を顧みず、短絡を実行していたのが、今、思うといじましい。大発明家になる予定だった。

ユニークな先生

長岡市に疎開をして空襲にあい、終戦を迎え、そのまま新しい六・三・三・四制の中学一期生となった。小学校を卒業したが、次の学校がすぐには定まらない。

四月の末になって、

「学校へ来いってよ」

それまでの小学校へ行くと校舎の一角が新制の中学校。にわか作りだったから先生もいろいろ、カリキュラムもきちんと決まっていなかったのではなかろうか。

国語の先生は東京の女子大を卒業したばかりの、ちょっとすてきなお姉さん。おそらく平安期の文学を専攻したのだろう。いきなり古文の文法を教える。私は落語の『千早振る』などの縁で百人一首に関心をもち、あらかた覚えていたから古文の文法には馴染《なじ》みやすい。

「書かず、書きたり、書く、書くとき、書けども、書け」

動詞の活用から形容詞、形容動詞の活用、助動詞の意味まで、すてきな先生を見つめて、よく学んだ。クラスのほかの生徒はどうだったのか。ほとんど個人教授のようなものだったけれど、これが後年、私が古典に親しむのにどれだけ役立ったことか。

長岡で中学を卒業し、東京の高校へ入った。小学四年生以来の東京で、カルチャー・ショックを覚えたのは本当だった。家族が追って上京することになっていたから私は下宿生活で、読書以外の楽しみはなにもない。

時に昭和二十五年（一九五〇年）六月、一学期の試験で一般社会の出題は（正確には思い出せないが）〝朝鮮半島で起きた戦闘について知ることを書け〟であった。すなわち朝鮮戦争の勃発である。授業では一度も教えられなかった。私はなにも知らない。ラジオもなく、新聞もとってない。だれも話してくれなかった。答案には、その旨を書いて提出し、さいわいこの問題は採点の対象とはならず、ほかの設問で成績がつけられたが、私としては、

――ひどいなあ。ぜんぜん授業で教えてないことを出題して――

この先生に恨みを抱いたけれど……どうだろう、あれから六十有余年、このテーマはずっと日本の（世界の）政情にかかわっている。この先生はよろず風変わりな人柄であったが、この設問は、結果としてまさしく一般社会を考えるテーマとしてふさわしかった、と言えなくもない。トンデモナイ出題のおかげで私はいつ朝鮮戦争が起きたか、明確に記憶し、いやでもこの成行きに関心を持ち続けて来た。

ついでに言えば、私は高校を卒業するころ、化学と文学と両方に興味を覚え、

――フランス文学、なんかかっこういいな――

化学のほうは受験に失敗し、フランス文学を専攻することになるが、フランス

詩の授業では、教授が詩の歴史や論評を語ることが少なく、教壇の上でもっぱらお好みのボードレールの詩を朗読し、感動している。

――なんだよ、この授業は――

と思ったが、今になって考えると、文学の授業なんて、

――あれもありか――

ひたすら感動していることを学生に示すのも一つの方法かもしれない。なにが言いたいのか。私はときどきユニークな先生に出会った。正しいカリキュラムではないとしても私には価値があった。私がへんなのだろうが、教育にはこんな効果もきっとあるのだろう。

若い日の読書

若い日の読書について語ろう。落語全集から始まり、『銭形平次捕物控』、佐々木邦《くに》のユーモア小説、江戸川乱歩のミステリー、芥川龍之介……とにかく自分にとっておもしろいものだけを読んだ。先生や先輩が薦めるものでも、おもしろく

なければポーンと投げて退けた。この方針は一貫していた。いっときは化学者を志望していたので、気ままな読書でよかろう、と思っていたのかもしれない。

少し恥ずかしいことなのだが……父の蔵書の奥に、押入れに隠されて『世界裸体美術全集』全六巻があった。カラー写真もあって美女の裸形が躍っている。少年は淫らな心でこれをながめた。第一巻は古い時代で楽しめない。第六巻は逆に新し過ぎて、ヘンテコな絵が目立つ。ピカソの裸体画なんて三角定規と積み木じゃないか。第三巻、第四巻あたりが現実的で、なまめかしい。

くわしくは後で知ったことだが、ゴヤの『マヤ』、レンブラントの『ダナエ』、リューベンスの『鉄鎖のアンドロメード姫』などなど、ドキドキしてしまう。昨今のように街にヌード写真の散っている状況ではない。ひたすら淫らな心をときめかせて鑑賞した。

絵のそばには解説がある。美術的な説明とはべつに、なにが描いてあるのか、題材についても触れている。裸体画にはギリシャ・ローマ神話を扱ったものが多く、鎖で岩につながれたアンドロメダのかたわらにペルセウスの姿があれば、

——あ、助けに来たんだ——

と英雄談を知る。

解説文は古い漢字表記で、希臘《ギリシヤ》だの、羅馬《ローマ》だの、とむつかしいが、ルビがそえてあるからなんとか理解した。かくてよほどよくこの画集を開いたせいか、ギリシャ・ローマ神話に興味を覚え、断片的にいろいろな知識をえてしまった。後にギリシャ・ローマ神話をきちんと読んだとき、

——ああ、あれだな——

イメージをしっかりととらえることができた。欧米の古典文化は、ささやかながら私の教養の一端となったが、そもそもは淫らな読書からだったのである。

そして、つい先年、同じ『世界裸体美術全集』を古書店で見つけ、入手した。昭和の初期の発行、平凡社の堂々たる企画と知った。画像は少しぼやけているし、もともと煽情《せんじょう》的なものではない。

——よくこれで興奮したなあ——

と、ほほえましい。

さらに言えば、長い、長い年月をへだてて古い愛読書に再会すると、内容だけではなく、そのころの自分が、自分を取り囲む状況が鮮明に甦《よみがえ》ってくる。そっと昇った階段、畳に映える窓の斜光、母の呼ぶ声、遠くの山並み……。遠い日々をもう一度生きるみたいだ。

まさしく幼いころからの読書が恵んでくれる快感だ。ささやかだが、ほかではかえがたい。そこで思いつく。

――佐々木邦の『珍太郎日記』は、おもしろかったな――

小学校六年生のころに熱心に読んだ。以来七十年、どんな装丁だったかも忘れた。図書館へ行って借り出せば……珍太郎の姉さんが〝風光明媚《めいび》〟と言われるほど美しかったことなど、中身とともに、昔日の私を実感できるだろう。

朝鮮戦争

家族は長岡から戦後の東京へやがて引っ越してくることになっていた。一足先に杉並区の高校へ入った私はしばらく下宿生活を送ることになる。

生活の不自由やカルチャー・ショックは、いろいろなところで起きていたのだろうが、

――ま、いいか――

わりと暢気《のんき》に膝小僧を抱えて暮らしていた。

一般社会を教えるB先生は、なにかと不思議な人柄であったが、一学期のテストで折から朝鮮半島で起きた戦乱について〝知るところを記せ〟の出題である。(すでに触れたことだが、詳説すれば)下宿生活の私はラジオもなければ新聞もない。なにも知らなかった。授業でB先生が触れたのかどうか、私がぼんやりしていたのかもしれないが、多分いきなりの出題だったろう。なにも書けない。答案には私の生活事情を綴って弁明した、と思う。

——ひどいこと、するなあ——

と思ったが、この設問について成績の評価はなかったはずだ。とりあえず聞いてみよう、ということだったのか……。

少し恨んだけれど、後年になって考えてみると、

——あれはひどい出題だったが、すごかったなあ——

と思い直した。

考えてもみよう。まさに私の高校一年の初夏、昭和二十五年(一九五〇年)六月、朝鮮戦争が始まったのだ。当時はだれもこの争乱の行方を正確には知らなかったろうが、今、振り返ってみると、これが日本にとって、世界にとって、どれほどゆゆしい出来事であったか、しみじみと思い知らされる。影響はものすごく

大きい。

――B先生は見抜いていたのかな――

だったら、すごい。私はなにも答えられないテストであったがゆえに、この年の歴史的意味を何度か思い返し、よく覚えている。

B先生は一般社会で民主主義を教えるのが一つの役割だったらしいが、授業はもっぱら古代ギリシャの民主主義、それもしばしば脱線して、ホメロスの『イリアス』について話すことが多かった。トロイ戦争についての蘊蓄《うんちく》ばかりが溢《あふ》れていた。

ギリシャ愛

高校一年の社会科、B先生はいっぷう変わった人柄だった。古代ギリシャの民主主義についてはほんの少し触れただけ。

「ギリシャの兵隊は、こうやって……膝を曲げずに行進したんだ」

と教壇の上で実演してみせる。

ホメロスの叙事詩『イリアス』について、やたらに語るのだが、周囲の仲間たちは、特に奇異だとは思わないのか、静かに聞いている。長岡から上京したばかりの私は、

——東京の学生は、みんなホメロスを知っているんだ——

大あわてで『イリアス』の文庫本を買って読んだ。相当に苦しい読書だった。それでも三巻本の上巻は読みきった。神々や英雄の名前など、『世界裸体美術全集』で瞥見《べっけん》していたことが少なからず役立った。私の古代ギリシャへの敬愛はこのころから始まったのかもしれない。B先生は私にとっては（結果として）まことに、まことに恩師であった。

ずっと後になって高校のころの同窓会で……。

「みんな『イリアス』を読んでいたのかなあ」

私の質問に対して、

「読んでるわけ、ないだろ」

ほとんどがB先生の熱弁にあきれていたらしい。教育というものは、どこで、なにが、だれに恩恵をもたらすか、計り知れないところがあるものらしい。『世界裸体美術全集』↓B先生↓ギリシャ・ローマ神話などなどヨーロッパの古代文

化について知らず知らずのうちに私の中で興味が培われたのだ、と思う。

下宿生活のつれづれによく映画を見た。外国映画一辺倒だった。これは、おおいに勉強に励まねばならない高校時代を通して、いや、その後もずっと続いた。

一番よく通ったのは、新宿の帝都名画座だった。伊勢丹デパートの斜め向かいあたりに帝都座というりっぱな封切館があり、その同じビルの脇の階段を高く、高くいくつも昇っていくと〝星空に一番近い劇場〟があった。格安料金で欧米の名画を次々に上映していた。週ごとに変わるのを、半分くらい通って見ていた時期もあった、と思う。

帝都名画座

昭和二十年代の外国映画……。外国といってもヨーロッパ、アメリカに限られていたが、なにしろその直前まで戦争があって、外国の文化は入って来なかった。それが戦後になっていっせいに流れ込んでくる。だから封切りではない、古い映画を上映するところは名作ぞろいとなる。

私が通った新宿の帝都名画座は格安の三十円。その後値上がりもしただろうが、よく記憶しているのは、この料金だ。

近くに見かけはそれなりだが、これも安いS食堂があり、ここの定食がコーヒーつきで六十円。当時、京王線の初台に住んでいて、初台・新宿を往復すると五円かける二で、十円。新宿に行き、映画を見て食事をすると、しめて百円。これが当時の私の一番の贅沢《ぜいたく》だった。

スリラーの名作『ガス燈』を見たのはここだったろう。イングリッド・バーグマンは人気ナンバー・ワンの女優で、まことに美しい。もう一人、グリア・ガースンも人気が高く、『心の旅路』を見たのは名画座だったかどうか。ガースンは鼻の孔《あな》の大きい人で、

――鼻孔の大きい美人もいるんだ――

と感心し、さらに「私は天下の美女だから空気をたくさん吸って、いいの」とばかりに気高い威厳が漂っていた。

西部劇の名作『大平原』は鉄道開拓史のトラブルを描いていたらしいが、ストーリーは忘れてしまった。酒場で背後から狙われるが、鏡に映る敵を見て危機一髪、振り向いて反撃し、

「鏡はよく磨いておくものだ」

と、名せりふを吐く。ここだけはよく覚えている。あの映画、テレビで再映されることも（私の知る限り）少なく、なぜなのだろうか、とてもおもしろかったのに。

フランス映画ではジェラール・フィリップが登場して、まず『肉体の悪魔』。最後に近いところで、恋しい女の夫から路上でタバコの火をもらい、相手の表情から恋しい女の安否をさぐる場面、胸を打たれてしまった。さらに『花咲ける騎士道』『夜ごとの美女』。軽いコメディー・タッチもすばらしい。高校三年生のころだったろう。

――こんな楽しい映画もあるのか――

大きな感動を覚えた。

心の明るさ

父は終戦後、長岡に鉄工所を創設したが、経営は苦しかった。私が東京で高校二年生になった春、脳溢血《のういっけつ》で倒れ、いったん小康をえたが、十一月に急逝。一家は大わらわだった。朝鮮戦争が始まったばかり。この国の景気はまだ活況には踏み入れてはいなかった。

東京の家は工場の資金繰りのため、すでに売却されていたし、長岡の家も銀行の担保に入っていて雲散霧消、一家は経済的困窮へと向かった。この世の中、

——お金持ちになるのはむつかしいけれど、貧乏のほうはわりと簡単になれるんだな——

これが当時の私の実感であり、このあと十数年、私の苦しいときが続く。

自分の人柄について、みずからがあれこれ言うのははしたないし、不適切のそしりもあろうかと思うが、あえて申し述べれば、おそらく私は明るく、オプチミストに見えるだろう。苦労知らずに映るにちがいない。

否定はしない。しかし二十代はおおいに苦労しているのだ。両親を失い、経済的に困窮し、加えて肺結核で一年半ほど入院生活を送っている。就職も大変だった。そのことは追って述べるとして、それとはべつに、

——十五、六歳まではノホホンと暮らしていたからなあ——

心の明るさは多くこの時期に培われるものではあるまいか。ここまでが明るけ

れば、その後の辛《つら》さは深くは心を蝕《むしば》まない、と、例外は山ほどあろうけれど、断言してみたい気がする。少なくとも私は幼い日々を、苦しい戦中戦後であったけれど、とにかく温かい家族の中でゆったりと育てられたので、明るさが身についたのかな、と思っている。われ私のこととはべつに、多くの子どもたちが、幼い日々を明るく過ごしてほしい。これが願いであると同時に、それ以上に社会の責任であろう、と思うのである。

さて、父は男の子は理系を選ぶべし、と断定していたが、その父が死んだ。この束縛が解けてしまった。

――どうしよう――

あとで考えると悩み多い十七、八歳であった。

肺結核

高校二年生の秋に父を脳溢血で失った。父は自分自身が技術者であり、男子には理系の進路を強く望んでいた。私は化学者を志望していたからこの点ではまっ

たくさしさわりはなかったが、

——文学もおもしろそうだな——

正反対の希望を抱き、父の死とともに胸中に迷いが生じ、結局、両方を受験し、化学のほうは大学が駄目と言うので、どうしようもない。文学部を選び、フランス文学科へ進むこととなった。後年に親しい先輩から、

「フランス文学なんてものはな、もっと金持ちの息子がやるもんだぞ」

と言われたが、そうかもしれない。父が生きているときはそこそこの生活を営んでいたが、急に経済的に、そして精神的にも苦しい状況に置かれてしまった。

加えて大学二年のとき肺結核の診断を受け、療養所入りを余儀なくされた。兄姉の世話になったが、結核予防会の援助も大きかった。あれがなかったら……よい薬も普及していたが、そうであればこそ予防会の医療費援助がなかったら私は、

——死んでたな——

本当に、本当にありがとうございました。感謝を特筆しておかねばなるまい。

軽症ではなかったが、安静度3、これは結構きつい生活なのだが、実際にはブラブラと暢気に暮らしていてかまわない。熱も出ない、苦しいこともない。三カ月ごとにレントゲン写真を撮ってもらい、主治医が、

「ああ、化学療法がきいているね」

すわ退院かと思いきや、

「もう三カ月、様子を見ましょう」

そして三カ月後、

「ずいぶんよくなってる」

「退院ですか」

「いや、いや、もう三カ月」

これをくり返すこと五回、退院を許されるまで一年六カ月、大学を二年休学してしまった。

友人たちが見舞いに来てくれる。A君やB君が、

「留学するつもりだ」

「新聞社へ入る」

将来の夢を語る。

——ああ、そうか——

見えてくるものがあった。みんなが学生というゼロの位置から将来に向けプラス1、プラス2を企て、それを実現しようとしている。それに比べて自分は少し

病気がよくなったとしても畢竟《ひっきょう》それはマイナス2、マイナス1からゼロへ向かうことでしかない。

悲しかったが、同じことを三カ月ごとにくり返しているうちに、いくらうらやんでも、

――私がA君やB君になれるわけではない――

自分の置かれた状況から少しでもよい方向へ進むよりほかにない。当たり前のことをしみじみと覚《さと》った。

――他人を恨んでもつまらない。人生にあまり大きな希望を抱くまい――

生きているだけでも、めっけもの、悟りのようなものを抱いたのは本当だった。大病なんて罹《かか》らないほうがいいにきまっている。しかし私は肺結核で長い療養生活を送らなかったら、今とはまったくべつな人生を歩んでいただろう。それがよい人生であったかどうか。

そしてもう一つ。特に意図したことではないが、無聊《ぶりょう》を慰めるためにせっせと本を読んだ。これがすばらしかった。

療養生活

一年、二年と続く療養生活をながめていると、私は学生であったが、

――やっぱり公務員はいいな――

と思わないでもなかった。

簡単には首にならないらしい。給料もそこそこには支給される。療養所では食う寝るところに住むところが保証されているから、独り者はお金を使うところもなく、退院のころにはりっぱなカメラが買えるほど貯《たくわ》えが残るとか。

妻帯者は月に一度くらいは外泊を……自宅への一泊を切望し、それを若い主治医がなかなか許可してくれない。

「仕事もあるしな。うちの先生は自分が独り者だから夫婦の機微がようわからん」

と嘆く。

「サービスをしてやらんと、かあちゃん、いかんのや」

夫婦のありようがかいま見えてくる。主治医に対しては、つねに遠慮がちの苦

情があって、

「心理学を知らんから、いけない」

「どういうこと？」

「みんな同じ診断や。弱気の患者にはもっと希望が持てるように言うて、逆に自分の病気を軽く考えてる者には、ちいときついこと、言うたほうがええんや」

隣のベッドはなぜか大阪弁になったりする。

女性の病棟もあるから恋愛が誕生することもあって、熱烈な恋のなかばで一方が退院、別れるときがきて、

「つらいね。彼女、泣いてたぞ」

「彼女が退院すれば、また会える」

「そうはいかん。療養所の恋愛は、ここだけのものよ。娑婆《しやば》に出たら、もっといい相手がいっぱいいいるから、すぐ目移りがする」

「言えるな」

その後に破局を迎えることが多いらしかった。

サラリーマンたちは、

「みんな見舞いに来て〝仕事のことは心配するな。うまくいってる。ゆっくり療

養してくれ〟って言うけど、つらいね。おれがいなくなっても、会社がちっとも困らんというのは」

「少しは困ってくれんとなあ」

「そうよ。いなくとも平気ってのは……」

そんな心理も確かにくすぶっているにちがいない。

小説家の原点

結核療養所のベッドに寝転がってひたすら本を読む。朝から晩まで気ままに読む。

初めのうちは、

——時間がたっぷりあるんだから——

と長い、長い小説を、いわゆる大河小説を読もうとしたが、療養生活は気力を奪うところがあって、長い作品はつらい。そこで、

——短編のほうが変化があって、おもしろいかな——

外国文学の短編へと心が向いた。母や友人から古本をさし入れてもらい、『モーパッサン短編集』『ヘミングウェイ短編集』『チェーホフ短編集』『モーム短編集』『O・ヘンリー短編集』などなど片仮名の作家名の下に〝短編集〟とある文庫本はあらかた読んだような気がする。おもしろいから読んだのである。ただそれだけのことだったが、後半生、これがはからずも役に立った。この体験がなければ私は小説家になれなかったろう。

正直にうち明けるのだが、私は若いころ、

――小説家になろう――

と思ったことは一度もなかった。小説は好きで、よく読んでいたが、小説家になるのは、

――とても無理だな――

まったくの話、小説家になる才能は、ほかのどんなことに役立つのかわからないが、とにかくユニークなものらしい。頭がいいとか、知識が広いとか、それとはべつなものである。少しヘンテコなのだ。私は自分にそれが備わっているとは到底思えなかった。フランス文学を学び、

――新聞記者になってパリ特派員なんて、かっこういいな――

と願ったが、この道は肺結核でオジャン。新聞社が採用してくれないだろう。復学して特に興味を持ったのはフランス演劇。これもあとでよく考えてみると、演劇そのものに興味を持ったのではなく、フランス古典劇が持つ構造の美しさ、そしてフランス現代劇の持つ軽妙さに惚《ほ》れ込んだのであり、戯曲を会話の多い小説のように読み、それが好みに合った、ということだったろう。戯曲の正しい読み方ではない。しかしこれが性に合っていたらしい。

折から劇団四季がしきりに紹介しているアヌイやジロドゥに親しみ、卒業論文ではジロドゥの『アンフィトリオン38』について述べる道を採った。これはギリシャ神話の一エピソードに想をえたユーモラスな作品で、単純におもしろい。深遠な哲学も少し含まれている。ジロドゥは二十世紀前半を飾った代表的な劇作家であり、研究や批評も多様だが、私は今でもこの『アンフィトリオン38』が一番よくまとまっており、

――末永く好まれそう――

と思っている。

私自身のこんな好みもあって大学の学祭ではアヌイの『父親学校』を上演して楽しんだこともあったが、一方では学費がままならない。家庭教師のアルバイト

をいくつもこなして、なんとか暮らしていたのである。苦しい時代でもあった。四年生になり、

——就職では苦労するな——

この予測はみごと的中。重篤な既往症を背負っているのだ。さなきだにフランス文学なんて就職はむつかしい。卒業しても就職がままならず、思案のすえ文部省図書館職員養成所の特科に赴いた。ここは大学卒業者などに一年間をかけて専門的に図書館司書の教育を施す学校だった。

授業料滞納

大学のフランス文学科に入り、フランス語を勉強して、

——新聞記者になろう。パリ特派員なんてかっこういいな——

と思ったけれど、肺結核に罹って、この希望は消えた。新聞社が病歴持ちを採用してくれるはずがなかった。

療養をしているときから、

――就職では苦労するだろうな――

と案じていたが、これはみごとに的中したと言ってよいだろう。

話を学生生活に戻して……とりあえず肺結核については治癒の診断を受けて復学したが、今度は生活が苦しい。すでに父は亡く、学資の融通が楽ではない。大学の三年、四年は奨学金とアルバイトで生きた。三帖《じょう》一間に住んで、安い食堂の飯を食べた。振り返って、

――よくやったなあ――

われながら少しあきれる。

授業料を長く滞納していると学生証がもらえない。学生証がもらえないと通学証明書がもらえず、国電の定期が買えない。身動きができなくなる。夏休みを前にして学徒援護会へ駆け込み、毎日の労働を志願した。

「どんなこと、やりたいですか」

「本に関係する仕事を」

私としては編集の手伝いのようなことを考えていたのだが、

「じゃあ、本屋さんを」

神田の書店の店員を斡旋《あっせん》してくれた。まさしく〝本に関係する仕事〟である。

二カ月ほど勤め……私は、その後、書き手として、あるいは図書館員として、一生のほとんどを本と関わって過ごしたが、書店員の体験も無駄ではなかった、と思わないでもない。

が、それはともかく、労働のすえそれなりの収入をえて大学の事務所へ授業料の一部を納めに行くと、並んだ列の、私のすぐ前に、私の二カ月前と同じ状況の学生がいて、つまり授業料を滞納して通学証明書をもらえない男がいて、事務局員は「勉学を続ける意志がある、と教授から保証していただければ、通学証をお出しします」

とかなんとか弥縫策《びほうさく》を教えているではないか。

卒業まで

二カ月余り本屋の店員をやって、その給金をポケットに、大学の事務所に滞納した授業料を払いに行くと、私の前に並んだ学生と事務局員の会話から、教授の保証があれば、当座の支払いを猶予してもらう方便があるらしい。

──そうか──

私は踵《きびす》を返した。

教授なら親しい先生がいる。夏の二カ月余り一生懸命働いて、それがみんな消えてしまうなんて耐えられない。教授に一筆を書いてもらい、仲間たちを誘って、

「遊びに行こう」

半分くらいを浪費してしまった。

その後も、いろいろやりくりをしたけれど卒業を前にして、どうしても最後の支払いが……かなりの多額が残っている。

学部の事務所の壁に〝卒業を許可された者〟の名前がズラリと張り出され、その名前の上にところどころ薄い紙が垂れている。つまり卒業できる単位は修得したが、まだ授業料などが完納してないと、薄紙が垂れて名前が隠してあるのだ。授業料を払うと、薄紙が取られるのだろう。

なぜかフランス文学科は、その一覧表が壁の一番上、高いところに張ってある。アイウエオ順の学生名簿から見当をつけ、

──俺は、あのへんだな──

下からノートで煽《あお》いで風を送ると、薄紙がヒラヒラ……

——あった——

自分の名前がチラリと見え、試験や論文は無事に通って卒業はできるらしい。

——あとは授業料か——

病気で二年間、休学していたから高校時代の友人はもうサラリーマンになっていた。その一人が、

「貸してやるよ」

ボーナスの貯えを提供してくれた。

「ありがとう。本当に助かる」

もちろん飛びきり親しい友人だった。借りたお金は二年後くらいに返したはずだし、その後も睦《むつ》まじい交友が続いたが、過日、彼の訃報に接し、葬儀に赴き、

——これが人生なんだよな——

小さなエピソードだが、

——あのときは、ありがとう——

私の胸の中では深く、強く蠢《うごめ》くものがあった。

文学の本義

話は前後するが、大学の文学部に入って、私はあらためて、
──文学はなんのためにあるのかな──
と考えた。小説が好きで、よく読んでいたけれど、かなり曖昧な考えのまま進学してしまったので戸惑うところがあったのだ。私の好みとはべつに、文学は本気で勉強するほどのものなのか。きっとそうだろう、とは思うけれど、そう信ずる根拠がほしかったのだろう。文学入門のたぐいを読んでみても、著者は初めから〝文学はすばらしいもの〟と考えているふしがあって、私の素朴な疑問にうまく答えてはくれない。

毛沢東の『文芸講話』がよく読まれていて、これは明解だった。ひとことで言えば、革命に役立つのがよい文学であり、この意味において文学は大切であり、必要である、という主張である。毛沢東はひたすら革命に心身を投じていたのだから、こう考えたことは頷《うなず》けるが、私には納得できない。この論旨では谷崎も駄目。太宰も駄目。モームもポーもモーパッサンもチェーホフも、みんな駄目だろ

う。文学についての一般的な見解とはなりえない。

思い悩んでいるときにめぐりあったのが伊藤整の『藝術は何のためにあるか』だった。

『中央公論』誌に綴った二十ページほどのエッセイを同名の一書の冒頭に収録したもので、あっちを皮肉り、こっちにからみ、エッセイとして充分に愉快な筆致であったが、ポイントは〝私たちが文化と呼んでいるものは（芸術を除いてすべてが）人間たちみんなの生活を豊かに、安らかに便利にするために役立つものだが、それは手段にしか過ぎない。大切なのは人間であり、本来的に一様には律しきれない個々の人間は、そうであればこそ全体の願いに沿うものではない。だから全体に対して個々の叫びを、抵抗を、揺さぶりを訴えるのが芸術の役割である〟ということらしい。たとえば〝結婚制度はすべての人々に善とされている文化だが、だからといって、それに背くことをまったく否定したら人間の自由を束縛し、人間否定につながるだろう〟と、このあたりに芸術の（文学の）本義があるらしい、と読んだ。

就職

全体の幸福と、それに沿えない一人一人の願いと、その対比の中に文学の存在理由を見つけようとした伊藤整の『藝術は何のためにあるか』を読んで、文学部の学生であった私は、

――うん、これだな――

しばらくはこの説に傾倒した。その後もあれこれと文学の、小説の存在理由を考え、迷い続けて、今もはっきりとは答えられない。それについてはもう少し後で述べるつもりだが、それとはべつに大学の卒業が近づいて来て、さあ、大変、就職が決まらないのである。ぜひとも糊口《ここう》の道を見つけなければいけない立場だった。

胸を患った身では、かつて希望した新聞社ははなから駄目、出版社を狙ったが、これも筆記試験や面接の評価も芳しくなかったのかもしれないが、最後に企業の指定する保健所などで健康チェックを受けると、そこで×印となる。三度、四度と同じ体験をした。

仕方なく文部省図書館職員養成所の特科に入学した。一年間通って図書館司書の資格をえて、その方面の職を探すわけだ。私はここで図書館学の基礎を学び、国立国会図書館の入館試験を受けた。

ここでも最後に健康チェックが残っている。私は自分の病気の治癒を証明する書類やフィルムを持って行き、担当の医師に訴えた。これまでにも同じことをやっていたのだが、このときは温厚で、やさしい老医師が丁寧に対応してくれて、

「あ、治っているね」

あとで知ったことだが、老医師は宮内庁とも関わりを持ったりっぱな人柄であったとか。

考えてもみよう。こういう立場の医師は企業や組織の味方であり、採用したあとで健康に問題を起こしそうな人は極力排除する。意図的なのか、無意識なのか、あえて厭《いや》な言葉を使えば〝疑わしきは罰する〟に傾くだろう。国立国会図書館の老医師は見かけ通りの誠実さで、医師としての見解だけを貫いてくれたのだろう。感謝するとともに職業人の倫理について考えさせられるものがあった。

II

司書

文部省図書館職員養成所の特科で学んだのち採用試験を受けて国立国会図書館の司書となった。図書館は、そのころ赤坂離宮にあって、ここへ行くには（今も変わらず）四ツ谷駅からまっすぐな道路が敷かれている。主要道路のほうが左右に遠慮して迂回《うかい》しているのである。バッキンガム宮殿を模した美姿を正面に見ながら行くのは、しがないサラリーマンながら少しうれしかった。

が、すぐに永田町の新館が竣工《しゅんこう》し、この引越しが大変だったなあ！　滅多《めった》にないことだが、図書館の移転は蔵書もろともだから、まったく容易ではない。

新館に移ってすぐに整理部の分類係に配属され、ここは入って来た本を内容に従って分類し、分類番号を記すところだ。係長一人に、係員一人で、忙しい。国立国会図書館は納本図書館であり、日本で出版された本や雑誌は（原則として）全部入ってくる。

新しいものは全部、分類係の係員の前を通り、

「えーと、これは日本の小説だから913・6、これは明治憲法だから323・13」

日本十進分類法（当時はこれ。現在は独自の分類法）に従って数字を記す。

たいていはペラペラと表紙をめくって見当がつくが、時折、厄介なものがある。

それにしても、この仕事をやってみて、

――知らないこと、多いなあ――

つくづく実感した。自分が格別もの知りとは思っていなかったけれど、仏教の経典はどう分類するのか、基礎医学と臨床医学は明確に異なるとか、電子工学はどんどん進んでいるとか、困惑してしまう。知らない分野の入門書や概説書を覗《のぞ》いて応じたが、これにより少しく知識がひろくなったかもしれない。

私の仕事をチェックする係長が言うのである。

「君は自信がないとき、数字が小さくなるね」

本のタイトル・ページの裏に鉛筆で分類番号（数字）を書くのだが、言われてみると、そんな気がしないでもない。くやしいから逆に大きく書くように心がけたが、いつのまにか本来のくせが……自信がないと字が小さくなるケースが現れ

てしまう。今でもあのころの本たちが図書館の書庫で大小いろいろの分類番号を背負って潜んでいるだろう。過日、たまたま借り出した本に、その一つを認めて……私の筆跡を見つけて、

「おい、元気か」

奇妙に懐かしかった。

毎日毎日、目の前に新しい本が運ばれてきて、少しは目を通すわけだから、

──へぇー、こんなこと、書いてある──

仕事を離れて目を止めてしまう。たとえば〝サンジェルマン伯爵……十八世紀のフランスにみずからの不老不死をそれなりに世間に信用させた男がいた〟とか、あるいは〝地球の赤道にぴったりと紐《ひも》を巻きつけ、それを十メートル延ばしてまた巻きつけると、ゆるんだすき間は……子ども一人が通れる〟とか、怪しい説もあったけれど、こんな豆知識が、ただの息抜きだったのだが、後に短編小説を書くときに役立った。

新しい国立図書館ということで皇太子ご夫妻（現・上皇、上皇后）の行啓《ぎょうけい》を仰いだのは特別な出来事だった。その時の写真が、すみっこに私の写っている写真が、残っていて、ほほえましい。

三帖一間で

あい変わらず三帖一間の、エレガントとは言えない生活を続けていたが、私には読書という強い味方があった。図書館に勤めているから本には不自由しない。折しも松本清張の話題作が次々に上梓《じょうし》された時期なので、土曜日には一冊を持ち帰り、五時すぎ、近所の銭湯に行ってゆったりと湯につかり、商店街にまわって、かまぼこ、コップ酒、多少の食材、あ、そうだ、ここで洗濯屋へ行かないと、ワイシャツに不自由してしまう。あれこれ一週間分の生活に備えたところで、

――これで、よし――

松本清張を読みながらコップ酒に親しむ。テレビはしばらく持っていなかったと思う。なんの記憶もない。

「暗い生活だなあ」と言われそうだが、さほど不足はなかった。療養生活に比べればグーンとよろしい。

松本清張は、これは暗い。暗いけれども、社会の、人間の暗部を描いて間然す

るところがない。

——この作家は短編のほうがいい——

そんなことを考えながら『黒い画集』『影の車』『絢爛《けんらん》たる流離』などなどを楽しんだ。

外国ミステリーは、ヴァン・ダインはおおむね卒業していたし、エラリー・クイーンも国名シリーズは代表作を二つ、三つ読了していたので、あらためてX、Y、Zの悲劇に親しんだのではなかったか。私としては、

——YよりXのほうがいい——

と思ったが、いま読み返したら、またべつな考えかもしれない。昔、愛読したものを、しばらくぶりで読んでみると新しい発見があって楽しい。昔の自分が甦って、もう一度、若いころを生き直すようなところもあって、これは他に替えがたい喜びとなる。

探偵小説作家たちが活躍した、古い『新青年』誌のころの内外の名作も、この時期にあさって楽しんだが、いずれの読書にも西日の当たる三帖間、かまぼこを切り落として飲む安い酒、時折、電車の響きなども聞こえて来て、

——いろんな生き方があるさ——

と、わけもなく心強い。

ゲーテ図書館

国立国会図書館では本来の整理業務のほかに、なぜか珍しい図書館を訪ねて、その印象を綴るような仕事を委ねられた。

いくつかを訪問したが、特筆すべきは渋谷にあったゲーテ図書館へ行ったことだろう。熱意の人・粉川忠《こがわただし》さんの途方もないコレクションである。

粉川さんは味噌《みそ》製造機について、いくつもの特許を持つ企業家だが、若いころからゲーテに憧れ、傾倒して、

――ゲーテに関するものを、なんでも集めよう――

原著はもちろんのこと、翻訳書、研究書、ゲーテに関するエッセイ、エピソード、演劇やオペラの資料……本当にゲーテに関する一切合切を集めまくった。世界も驚くすばらしい資料が所蔵されていた。

粉川さんは平成元年（一九八九年）に物故され、資料は現在、北区・飛鳥山《あすかやま》の

東京ゲーテ記念館として利用に供せられているが、五十年ほど前のある日、私はこのコレクションのすばらしさとコレクターのユニークな人柄に接して驚嘆しながらも、

——小説になりそう——

と思わないでもなかった。

私が小説家になるのは、これより数年後のこと。初期の代表作『ナポレオン狂』はまさしく、これがモデルであり、

——ゲーテのコレクターじゃモデルがはっきりし過ぎてまずいな——

と、主人公をナポレオンについてのコレクターに替えたのである。

『ナポレオン狂』は殺人さえも匂わせる異様なフィクションであり、実際の粉川さんとはまったく関わりがないが（私はもう一つ粉川忠さんの伝記小説『夜の旅人』を書いている）長い年月を隔て、

——粉川さん、ありがとうございました——

昔日の不思議な縁を感じてしまう。

国立国会図書館についてひとこと触れておけば、あそこは行政の傘下を離れた独立のサービス機関である。終戦後の日本に、よき民主主義国家を創ろうと考え

た占領軍の中の良識派が、知識の自由化こそがそのために肝要と考えた結果の創設だったとか。本館ホールの壁には〝真理がわれらを自由にする〟とギリシャ語由来の理念が記されている。

安月給

「あんた、またそれを言うのかよ」

と昔の先輩たちに叱られそうだが、これを言わないと話が先に進まない。そんな先輩たちもあらかた鬼籍に入り、ひどく懐かしい。

が、それというのは、

「あのころ、図書館の月給、安かったからなあ」

である。私は両親を亡くし、住む家もなく、なにもかも自分のまかないで生きなければならなかった。東京ではアパート一つ借りるのもそう楽ではない。安月給はつらかった。

――なにかアルバイト、ないかなあ――

出版社に勤める友人が、雑誌の、余ったスペースに、

「なんか雑文を書けよ。おもしろいもの。図書館なら資料があるだろ」

と誘ってくれた。

東北のある企業の広報誌で「夏祭りの特集だ。民謡の会津磐梯山《あいづばんだいさん》。〝宝の山よォ〟ってやつ。なんか書いてよ」

「うん」

民謡の本など図書館には唸《うな》るほどある。次から次へと、

「会津磐梯山、会津磐梯山」

とページをめくり、歌詞と歌詞とのあいだにあるお囃子《はやし》に目を止めた。〝小原庄助さん、なんで身上つぶした。朝寝、朝酒、朝湯が大好きで、それで身上つぶした〟とある。実在の人物らしい。墓まである、と。もちろん大酒飲みだ。

ところで、ものを書く以上なにかしら独創的でなくてはなるまい。人と同じことを書いていては意味がない。そのことは知っていた。そこで……思案のすえ、〝会津磐梯山に登場する小原庄助さんは朝寝、朝酒、朝湯が大好きで、と広く歌われているけれど、この庄助さんも朝酒と朝湯のときは朝寝をしなかったのではないか〟

お囃子の含む論理的な矛盾を明らかにしたのである。

あははは、こんなことといくら指摘したって意味がない。しかし雑文としては、

――まあ、いいか――

と考え、これが文章における私の独創性の第一号であったろう。なべて雑文なんてこんなところである。求められるままにせっせと書いた。

雑誌の遊びページでは（イエロー・ページという呼び名もあったが）今風に言えばコントのようなジョークを求められて、

〝「あなたと結婚できないくらいなら、ボクは死んでしまうよ」

「本気でそう言うの？」

「もちろん」

「わかったわ、じゃあ、ぽつぽつ日取を決めて予約しておかなくちゃあね」

「うれしい！　式場を決めるんだね」

「ううん。葬儀屋さんのほうよ」〟

これも次々に考案した。

すると、

「皮肉のきついのがあるね。あの方向で一冊、本にまとめてみない？」

そのとき頭に浮かんだのがブラック・ユーモアだった。フランス語には同じ意味のユムール・ノワールがある。苦い笑いを誘うもの。ことさらに歪《いびつ》な笑いを生むユーモア。それをまとめて小冊子を創るのはどうか。新興の出版社がこの企画を応援してくれて『ブラック・ユーモア入門』が上梓された。大きな広告の力もあってベストセラーになった。正直なところ納得のできる内容ではなかったが……一つのデビューではあった。

結婚

ブラック・ユーモアとはなにか？　ひとことで言えば、毒を含んだユーモア、くらいだろうが、人間の心理に複雑にからんで、深い。たとえば、

「歩行者天国にダンプカーが突っ込んだんだって」

「まあ、歩行者のかた、みなさん天国へいらしたかしら」

これならば軽い。

しかしユーモアは、もともと皮肉や嘲笑や自虐や中傷やネガティブの感情を含

んでいることが多い。ユーモアは屈折した感情の発露であり、ゆっくり思案してみると、ほとんどがブラックの気配を帯びている。その色合いの特に濃いものを取り分けてブラック・ユーモアと解すればよいだろう。本当にきついブラック・ユーモアは公序良俗に反するので、ここには紹介することすらできない。

それはともかくブラック・ユーモアは正しい英語ではない。英語を解する人ならなにを意味するか見当はつくだろうが、多くはシック・ジョークなどと言うのではないか。私はたまたまフランス文学でユムール・ノワール（まさに黒いユーモアだが）を知り、ふと、

——これを英語で言うのもおもしろいな——

小耳に挟んだことくらいあったろうが、とにかく『ブラック・ユーモア入門』を小冊子として出版した。大きな広告があったりして、用語の火つけ役になったのは、わがことながら本当だったろう。

野坂昭如さんが頷き、ビートたけしさんが、まさに〝手を挙げて横断歩道で死んでいた〟など、ブラック・ユーモア的箴言《しんげん》を呟《つぶや》き、タモリさんもブラック・ユーモア的な登場であった。世情がこういうムードを含んでいたのだ。

私の入門書は内容的に軽く、深い思索もなく、少し恥ずかしい著作なのだが、

文字通りエポックメーキングの気配がなくもなかった。

私はあい変わらず図書館に勤めていたが、雑文書きとして急に忙しくなった。もともと新聞記者を志望したことがあったし、言葉に関心があったし、自分の思いを言葉で表現したいという願望はそれなりに抱いていたのだろう。

文筆業とはべつに、アルバイトとして外国人相手に日本語を教える仕事も……図書館勤務の余暇にせっせとやっていたのだが、それは断念。この方面では日本語教育の職場で同僚の女性と親しくなり、結婚したのが収穫、という結末であった。

この女性の父親は、ある大企業から同系の会社へ移って役員となり、そこを一部上場にまで発展させ専務を務めた経営者で、娘の夫として貧乏な私は必ずしもふさわしい立場ではなかったろう。娘は、

「父に会ってみて」

と言う。私はさながら入社試験のような気分でその家へ向かった。

――手みやげはなんにしようか――

海苔《のり》や石鹸や菓子類は多分不要だろう。思案のすえ持参したのは、結核予防会が保証する肺結核の治癒証明書だった。もとより手みやげに類するものではない。

あとになって聞いたことだが、

「父は気に入ったみたいよ」

合格の一因となったのかもしれない。それとはべつに自分の一生の大事について真摯に相談できる父を持つ娘を「幸福だな」と思った。

著述家に転身

雑文書きで生活費くらい見込めるようになると、

——図書館勤務をやめるかな——

フリーの著述業者に転身することを考えるようになった。もとより危険をともなう決断である。五人の知己に相談した。三人は編集者で私の筆力をそれなりに知っている人たちだ。一人は少し前にサラリーマンをやめてフリーの著述家となった先輩だ。そして残りの一人は文筆とは関わりなく、古くから私の生き方を見ている友人だった。もし否定的な意見が多数を占めるなら転身をあきらめるつもりだった。

結果は四対一で肯定的なサジェッション。編集者はおおむね私の将来を保証してくれた。古くからの友人は、

「なんとか暮らしていけるなら自分の好きなことをやるべきじゃないのか」

と、これが決め手となった。

もちろん妻の承諾はえてあった。

初めから小説家を志していたわけではない。十一年間勤めた公務員生活を捨て、しばらくは収入を確保することにひたすらだった。字を書いてお金をもらえる仕事はたいていこなした。翻訳も、その下請けをやった。ゴースト・ライターもやった。そのうちに、

「せっかくフリーになったのだから小説を書いたら」

と編集者に勧められ、実際に注文を出してくれる雑誌もあって、

――やってみるかな――

と思索をめぐらした。

小説はよく読んでいたけれど、自分で書こうと考えたことはなかったのだ。

――あれは、すこぶる特異な能力を必要とするもの。私には無理だな――

本気でそう思っていたし、五十年この仕事をやってきて今でも特異な能力の必

要性については考えが変わらない。たまたま、なぜか私にほんの少しこの能力が恵まれていた、ということだろう。

小説を書くよう依頼を受けたが、なにを、どう書いていいかわからない。

――推理小説なら書けそうだな――

殺人事件が起こり、探偵役が登場して謎を解く。とりあえずこれを綴ったが、雑誌の一番低いレベルは通過したらしく、処女作が活字化され、原稿料もありがたくいただいた。珍しいことである。

続けて二つ、三つ発表したが、われながら、うまくない。なによりもすでにある作品に似ていて、劣っている。自分の独創性がどこにもない。

――これじゃあ駄目――

と悩んだとき、思い出したのが、欧米のユニークな短編小説たちだった。日本の小説に私小説風が多いのに対し欧米の短編には意表をつく作りものがある。

――あんな作風を日本の風土の中で、日本人を登場させて書いたら、私の独自性が創れるかもしれない――

療養生活で読んだ数多《あまた》の短編小説がヒントになってくれた。とりわけ『南から来た男』などトンデモナイ短編を書くロアルド・ダール（一九一六〜九〇年）が手本となった。私の初期の短編集には、このあたりの思案がよく反映されているだろう。

そして、初めての単行本『冷蔵庫より愛をこめて』が直木賞の候補となり、ついで上梓した『ナポレオン狂』で受賞となったのは、まったく幸運であった。習作の体験は乏しく、ただ小説を数多く愛読したことがデビューの原因となったのだ、と思う。

モチーフ

私は若いころから小説をよく読んでいたけれど、三十代のなかばまで小説を書いたこともなければ、書こうとも思わなかった。理由は簡単。

——とても書けない——

その能力は自分にはない、と考えていたからだ。

話は少し飛躍するが……今日このごろ、大学やカルチャー教室などで小説について話すとき、私はモチーフという言葉をあげて説明する。正しい文芸用語ではないが、これを説明しておいたほうがよい。作家が小説を書くとき〝これを読者に訴えたい〟という一条があり、読者の側から見れば〝この小説、なにが言いたいんだ〟と問う、その〝なにが〟に当たるもの、それがモチーフだ。

テーマに似ているが区別したほうがよい、と思う。四十七士が活躍する小説・戯曲は山ほどあって、テーマはみんな赤穂《あこう》事件だろうが、そのモチーフは〝武士道はすばらしい〟〝馬鹿な殿様のために命を捧《ささ》げるなんて、くだらない〟〝お軽勘平の悲劇を書こう〟と、みんなちがう。私は学生のころから小説を読むと、このモチーフが（当時はこの言葉を用いなかったが）気になって仕方がなかった。漱石の『こゝろ』を読み、ロマン・ロランの『ジャン・クリストフ』を読み、

――みんなすごいモチーフだな――

と、恐れ入っていたのである。

自分が小説を書こうとしても、こういうことを考えると、とても書けない。

実際、小説家になってみると〝小春日和に猫が昼寝をしている。ああ、こんなのどかな日があるんだ〟と、このくらいのモチーフでも充分に小説は書けるのだが、二十代の私はそうは思わなかったのである。

ところが推理小説はモチーフがなくても、書ける。アガサ・クリスティは、なにかましなことを読者に訴えようと思って作品を創っているわけではない。そこにあるのはトリックのおもしろさだけ、と言ってよいだろう。

後年になって気づいたことだが、私が雑誌社に誘われ〝推理小説なら書ける〟と思ったのは、まさにこういう思案が伏在していたからだろう。

異　端

広く雑文書きの仕事をこなしていたので、ちょっとした雑誌社の編集部から誘われ、小説を書き、発表して原稿料までいただいてしまった。が、自分としては、

――うまくないな――

作品のできばえに納得がいかなかった。三つ、四つと書き、思い悩むうちに、私を助けてくれたのは、療養所で読んだたくさんの外国の小説だった。

欧米の短編小説と日本の短編小説とはどこかちがう。日本では私小説的なものが多いのに対し、欧米では明白に〝つくりもの〟の傾向が強い。モーパッサンも

モームも、ヘミングウェイもポーも、みんな欧米の短編小説とくくったら異論もあろうけれど、あの欧米の短編小説が持っているユニークな気配を、日本の風土の中で、日本人を登場させて創ったら、

――私の独自性が少しは訴えられるのではあるまいか――

直接にはロアルド・ダールの影響が大きかったろう。文学史に広く載る作家ではないが、いくつかの作品は〝知る人ぞ知る〟名品である。みごとなブラック・ユーモアという指摘も当てはまるだろう。

一年余りの苦心のすえ、なんとか、

――これなら、ま、いいか――

ちょっぴり独自性のある掌編が書けた。

十八編を集めて一冊の本として出版することができた。すなわち『冷蔵庫より愛をこめて』であり、なんと！　これが直木賞の候補となった。

うれしかった。しかし、意外だった。直木賞はもう少しちがった作品が候補になるものだと思っていた。思うもなにも直木賞なんて考えてもいなかった。

ひとことで言えば、私の小説は異端なのである。ユーモアを交えて人を殺したり、残虐な笑いが含まれていたり、当時の良識から見ればヘンテコなのだ。

今では小説として格別異端ではあるまい。私は同傾向の短編集『ナポレオン狂』で翌年に直木賞を受けるのだが、これは異端が少しずつ世間で認められ、今では普通となる道筋だったのかもしれない。一人の人間のできることなど高が知れているが、私が書き続け、読者をえたことが異常を正常に変えたところもあっただろう。

初期短編

四十年前に異端であり、今はそれほどでもない小説とはどんなものか。私の初期の短編集を見ていただければいいけれど、それでは少し話が遠い。一例を示せば、

〝ホシ氏は宇宙飛行士で目下火星探検へ向かっている。ホシ夫人はテレビのインタビューなどを受けて忙しい。そこへ宇宙開発局の長官が訪ねて来て「火星に高等動物がいるかどうか賭けをしましょう」と挑まれる。百万円を賭けて……。夫人は「いません」。長官は「います」と言う。

「ところで奥さま、ご主人はただ今の時間、どこにおいでですか」

「もう火星に着いている頃かしら」

「そうですよ」

長官は勝ち誇ったように、

「ご主人は高等動物じゃないんですか」

「あ……。火星に動物がいるかって……主人のことですの？　ひどい……」

「ひどいことはないでしょう。ご主人は高等動物です。ご主人は火星にいます。だから火星には高等動物がいる。簡単な三段論法じゃありませんか。私の勝ちですよ。さ、お約束のお金をいただかなくては……」

長官の表情は急に真剣になった。とても冗談を言ってるようには見えなかった。不安が夫人の心をかすめた。

「ひどいお話ですこと」

「百万円は大金ですか」

「もちろんですわ」

長官は夫人の戸惑う様子をなめるように見つめていたが、

「奥さま、心配はいりません。よいお知らせがあります。実は、賭けは奥さまの勝ちなんですよ」
「はあ？」
「ご主人は火星におられません。火星には高等動物はいません。ひょっとしたら焼けた骨屑《ほねくず》くらいはあるかもしれませんが……。おわかりですか？　ここに政府からの百万円の小切手があります。どうぞ笑顔でお受取りください」〃
直木賞受賞のころに書いたショートショートを縮めたものである。タイトルは『笑顔でギャンブルを』であり、上品とは言えまいが、作品として特に異端と責められることはあるまい。その後、私の作風は少し変わったが、このあたりが私のスタートであった。

創作の手法

「どうやって小説を書くのですか」

よく受ける質問だ。

世の中にはいろいろな創造があって、科学上の一大発見から能率的な文書整理法、あるいはSNSを用いた新しい広報など、どれもみんな生きていくうえで大切な創造であり、知恵である。

そういう創造と、小説を創作することと関わりがあるのか、関わりがあるとしたら、どう関わっているのか、私自身はよくわからない。若いころは、

――あんまり関係ないな――

と考えていた。

が、このごろは、むしろ関わりあり、と思うほうに傾いている。私は自分の脳みそをどう使っているのだろうか。

私の小説はアイデア・ストーリーと呼ばれることもあって、なにかしらユニークなアイデアがあり、そこから短編小説が創られているケースが多い。方法としては、なにかしら不思議なことに心を留める。そして、それに常識とは異なる解釈を与えてみる。

たとえば、ゴルフはどうしてあんなに口うるさいゲームなのか。初心者に対して、

「グリップがわるい」

「早打ちするな」

「いいぞ、道具だけ」

親切な罵声が飛んでくる。

あれは昔、昔のヨーロッパ、公爵が鏡の前でゴルフの練習をしていると、鏡の中に魔性の名コーチが現れて、適切だが異常に厳しい忠告を次々に浴びせる。プライドの高い公爵が怒って鏡を打ち砕き、粉々にして窓の外に散らしたとか。鏡は粒となって風に舞い、あちこちでゴルファーの眼《め》に映って、

「スタンスがわるい」

「腰の開きが早い」

「海老《えび》のてんぷら」

と指導している。こんなアイデアで『ゴルフ事始め』という短編小説を創った。

日々の生活の中でつねにアイデアのかけらを探している。思いついたことはとにかくメモにする。断片的な一行でもいい。これを怠ると、

——いいこと、思いついたんだがなあ——

あとでは思い出せず、釣り落とした魚を悔やむこととなる。メモは少し整理してデスクの上の備忘録に書き残す。作品を創るとき、この備忘録を見て、ストー

リーを考える。記されたアイデアの群れの中で本当に役立つのは一割あるかどうか。一度用いたものは赤線で消す。かくて備忘録には〝ドラキュラが血液銀行に勤めたら、どうなるか〟などヘンテコなものだけが残っている。備忘録はもう十八冊目になった。

あえて言えば、つねに〝なにか変だな。なぜだろう。どうなるのかな〟に留意して、面倒でもメモにとり、それを整理しておくことだ。これがアイデアをつかまえる方法として有効であり、小説作法のためばかりではなく、いろいろな創造に役立つのではあるまいか。昨今はそんなことを思ったりしている。

セレンディピティという言葉を知ったのも、うれしかった。辞書を引くと〝発見上手〟という訳がついているが、少しくわしく言えば〝なにかを熱心に探し続けていると、それとは関わりなく、特別にすばらしいものを発見することがある〟であり、理科学に多い。科学上の発見ではないが、コロンブスがアメリカに至ったのもセレンディピティだったろう。私の備忘録も、このセレンディピティと似たところがないでもない。

技あり

私の短編小説『恐怖の研究』は、

――一番怖い本はなにかな――

と考えていたら、図書館で人間の背中の皮で装丁した本があると知ったとき……。イマジネーションが広がり、死んだ愛妻の肌で装丁した愛の詩集は、

――怖いな――

これが作品を創るアイデアとなった。

アイデアのよしあしと、柔道の裁定はよく似ている。柔道の裁定は（時期により少し差異があるが）、一本、技あり、有効、指導など段階的に分かれている。一本はそれで勝負あり、技ありは二つ重なれば一本扱いとなる。その他もそれぞれ裁定のポイントとなる。小説のアイデアも私にとって、

――一本――

これは文字通りそれ一つで一本短編小説が書ける優れものである。〝人間の皮

による装丁〟は、これだった。技ありのようなアイデアもあって、それ一つでは作品化はむつかしいが、備忘録の中に留《とど》めておくと、ほかの技ありといっしょになって一本の作品となる。これはこれで充分に価値がある。

これより劣るアイデアは、

——しょうもないなあ——

そう思いながら保存しておけばなにかの役に立つこともある。登場人物の会話の中に、一本や技ありにならないアイデアを入れて、それを読者に楽しんでもらう方便もあるわけだ。

血液型はA型、B型、O型……。なぜC型じゃなくO型に飛んでしまうのか。この答えをアイデアとして短編を一本書くのはむつかしいが、登場人物に、

「なんでA型、B型があってC型がないか知ってる？」

「知らないわ」

と会話をさせ、

「あれは試薬がA、B、二つあるんだ。Aに反応するのがA型、Bに反応するのがB型、両方に反応するのがAB型」

「ええ」

「どちらにも反応しないのがゼロ、あれはO型じゃなく、ゼロ型なんだよ」

と綴り、読者へのサービスとする、そんな利用法もあるわけだ。

III

ギリシャ神話

「小説とはべつに、なにか読み物を連載してみませんか」

婦人雑誌の編集部から声をかけられ、

「やさしいギリシャ神話なら書けそうだけど」

と応じた。

すでにこのエッセイで述べたようにギリシャ・ローマ神話については、少年のころに『世界裸体美術全集』から出発し、ホメロスを知り、大学ではフランス古典劇やジロドゥなど神話に題材を求めた戯曲に馴染んでいたから一通りの知識を備えていた。

欧米の文学・芸術に親しむときギリシャ・ローマ神話の知識は欠かせない。とりわけ美術館めぐりなどでは絶対に必要だ。

が、そのわりには日本人はこれを知らない。断片的な知識ばかりである。そこに踏み込むのも一興だろう。

ひとくちにギリシャ・ローマ神話と言うが、本来はギリシャ神話、ローマ神話と、べつものであった。だがとてもよく似ている。ローマ人はギリシャ文化を尊敬していたから、

「よく似てるんだから一つにしちまえ」

という考えに傾き、一つのものとして扱われるようになった。だが、この際、ローマ人も神様の名前だけは自分たちに固有のものを残したのである。かくて同じ神様に二つの名前があり、ゼウスとユピテル、アフロディテとウェヌス、ヘルメスとメルクリウス……前者がギリシャ名で後者がローマ名。ローマ名のほうが英語など有力な言語に残され、ジュピター、ヴィーナス、マーキュリィなどなどとなり、こちらのほうが日本人にも馴染みが深いだろう。

しかし、こんな変遷さえもきちんとは日本人に知られていないのではあるまいか。

このあたりの弱点に狙いをつけたエッセイを婦人雑誌に連載し、後に『ギリシア神話を知っていますか』という一書とした。うれしいことに多くの読者をえて、今でも文庫本が増刷されている。

だが欧米の文学・芸術にもっと関わりが深く、必ずしも日本人によく知られていない古典がほかにあるだろう。すぐに二匹目のドジョウを狙うこととなった。

旧約聖書

話は少し戻るが、直木賞を受賞すると急に忙しくなる。いろいろな小説雑誌からの注文が殺到する。

が、それとはべつに以前から支援してくれていた婦人雑誌から、

「なにかエッセイを連載してくれない？　小説でなくていいから。教養もの」

勧められてまずギリシャ神話をやさしく語ることを考えた。

——欧米の文化に触れるとき必要だよな——

そんな思いもあって、後に『ギリシア神話を知っていますか』という本として出版されるエッセイを書いた。トロイ戦争を語り、オイディプスに触れ、パンドラの箱を綴った。これが好評で、今度は小説雑誌から、

「似たようなものを」

と注文が来る。

――なにを書こうか――

ギリシャ神話を綴っているときから、

――欧米の文化を理解するためなら、キリスト教の、聖書の知識がもっと大切だろうな――

と考えていた。日本人は信者はべつとして一般には知識が薄い。私はと言えば、大学でフランス文学を専攻したせいもあって基礎的なことは身につけていた。とはいえギリシャ神話は寓意《ぐうい》性に富んでいて、ちょっと享楽的で楽しい。私の性格に合っている。一方、聖書は紛れもない神の書であり、私は信仰を持つ身ではない。迷いはあったが、

――信仰を持たないから、かえってよいのかもしれないぞ――

キリスト教関係の本は、ほとんどが信仰を持つ人の手によって書かれている。それとはべつにキリスト教を、信仰とは離れて一つの文化として扱う道はあるだろう。

ところで聖書には旧約と新約と二つがあり、区別はご承知ですよね？

ほんの少しややこしい。旧約は神との古い契約であり、新約はイエスによって

もたらされた神との新しい契約である。二冊は上下二巻本のようなもの、歴史的にはまずユダヤ教の聖典があり、これがキリスト教の古い契約と見なされ、さらにイエスの登場により改められて新しい契約となった。と、大ざっぱに言えば、こんなところだろう。

ユダヤ教の聖典と旧約聖書はよく似ているが、ユダヤ教はこれだけを尊び、新約のほうは聖典として認めない。旧約・新約という言い方自体がキリスト教の考えなのだ。

思案のすえ『旧約聖書を知っていますか』を月刊小説誌に連載することとした。準備のために、かたわらでせっせと小説を創りながら二年ほどの調査と取材に努めた。

その結果、旧約聖書はイスラエルの建国史として読むことができる。この立場なら信仰を離れてダイジェストすることが、なんとかやれる。

第一章の冒頭に〝まず初めに「アイヤー、ヨッ」と叫んでほしい〟と書いた。言葉遊びである。これによりアダム、イサク、ヤコブ、ヨセフ、頭文字で四人の聖人の名を覚え、建国史の中核を知ることを勧めた。

むつかしい旧約聖書のおおよそを紹介することが、なんとか果たせたと思う。

信仰とはべつに古典の一端を示す道にはなっただろう。
この『旧約聖書を知っていますか』も好評で、次は新約聖書である。

新約聖書

旧約聖書はイスラエルの建国史として読むことができたが、新約聖書のほうは徹頭徹尾信仰のための古典である。これを信仰を離れてダイジェストすることは思いのほかむつかしい。準備のため二年を超える歳月を費やしたが、適当な方針が定まらない。

——どうしようかな——

『旧約聖書を知っていますか』のときには十日間ほどイスラエルに旅して、おおいに収穫があった。

——じゃあ今度はイタリア、トルコへ行こう——

史跡をめぐるだけでなく、関連する民衆、風物、絵画などにも広く留意するよう努めた。信仰にはあまり触れず旅のエピソードを交えながら新約聖書をダイジエストしよう、と、そんなプランである。

いろいろな見聞が役立ってくれたが、とりわけ心に残ったのは、ヴェネチアの西、パドヴァのスクロヴェーニ礼拝堂の壁を飾るジョットのフレスコ画だった。文字の読めない人々に対してイエスやマリアの生涯を伝えてつきづきしい。

しかし新約聖書は少なくともイエスがなんであったか、筆者がなにほどかの判断を持たなければ意味のあるダイジェストにすることさえ、むつかしい。早い話、綴られている数々の奇跡について、

——こんな不思議なことがあったんですよ——

だけでは信仰を持たない読者への解説にはなりにくい。さりとて、

——おとぎばなしのようなものですね——

では、なおさらわるい。

私は信仰こそ持たないが、信仰を持つこと自体には深い敬意を抱いている。執筆する以上新約聖書の中に記されている奇跡を、常識では納得できないことについて私なりの考えを述べなければ〝知っていますか〟にはなりにくい。

悩んだ。

悩んだすえに、とりあえずイエスを遠い混乱した時代の社会改革者と考えた。

これだけでも信者諸賢の糾弾を受けることだろうが仕方がない。そして数々の奇跡のたぐいは古い社会にありがちな伝承であり、そうであるけれども、そこには表面に語られていることを越えて貫く英知があった、という解釈を採った。

イエスは新しい哲学を抱いて人々の心に訴え、考えを変えさせ、よりよい社会の可能性を示唆したのである。神の子であることと神の子にふさわしい未来を語ることは、実際的には差異が薄い。人々が救済されれば……あえて言えば〝結果オーライ〟なら大衆は充分に満足できるのだ。

たとえばイエスの復活、あれはみずからの教えが神の教えであることを……それに等しいものであることを実証する最後の、決定的な方策であった。そうであればこそ弟子のアリマタヤのヨセフたちが敢行したのだ、と見れば、まことに、まことに下衆《げす》の猿知恵と言われても仕方のない解釈だろうが、なんとか説明はつくだろう。くわしくは、こんな思案のすえ書きあげた『新約聖書を知っていますか』を瞥見《べっけん》していただきたい。

この小著は読書界で一定の評価を受けた。多くの読者をうることとなった。

――よかった――

悩みながら訪ねた古い町、小さな村、山中の教会などなど取材地のくさぐさが尊く、とても懐かしい。

生きる力

「××が、できますか」

と尋ねられて、××がなんであるかわかる前に私は、

「できません」

こう答えておおむねまちがいがない。

できないことが多いのである。ゴルフ、できない。パソコン、できない。自動車の運転、できない。楽器の演奏、すべて駄目。ハーモニカひとつ吹けない。ダンス、できない。絵画、描いてわかるのはヒマワリとチューリップ、犬と馬の区別もむつかしい。スポーツ、散歩ならできる。料理、チャーハンだけ作れる。外国語、あ、これは英語とフランス語、少しできる。

若いころに病気に罹ったこと、経済にゆとりがなかったこと、それぞれ影響していると思うけれど、根がやっぱり怠け者なのだろう。仕事には、原稿書きには

一生懸命励むけれど、これは、

――早く終わって楽になりたい――

この一心である。年老いて、

――つまらん人生だったかな――

と思わないでもない。

文部科学省の審議会に顔を出していたこともあり、あれは確か初等中等教育分科会だったと思うが〝生きる力を培う〟がテーマだった。英語力とか、理系の学力とか、将来、就職に役立ち日本の力となりそうな学力の増進がいっせいに語られていたが、

――待てよ――

生きる力ということなら、

――音楽とか、絵画とか、あれこそ生きる力に役立つのではあるまいか――

いい仕事について経済的に安定することも大切だが、それとはべつになにか楽器を奏でることができたり、ましな絵が描けたり、それがどれほど人生の慰めとなり、生きる力となってくれることか。スポーツなんか、体力に合わせて、まさしく生きる力を培ってくれるだろう。私は自分でできないけれど、しみじみそう

感ずるときがある。審議会でも訴えたけれど、あまり活発な話題にはならなかった。話を私自身に戻して、

——ああ、そうか——

旅には行く。旅行はすてきなリクリエーションにちがいないけれど、私にとってはほとんどが取材のため、仕事そのものである。

取材旅行

取材旅行については、自分なりのやり方がある。小説の舞台を訪ねることが多いのだが、

——あそこへ行けば、なにか作品ができそうだな——

白紙の状態で行くことは、まずない。

ストーリーはあらかた頭の中にできていてディテールを確認するため、あるいは現実感を高めるために赴く。なんにもないまま行って風物に見とれ、夜になって酒を飲み、

——なんも書けんぞ——

締切りは迫っているし、こんなことはとても怖くてやれない。知らない土地を舞台にして構想を描くことは少ない。

なにかの事情で初めての土地へ行ったときは、寸暇を惜しみ、タクシーを雇って、

——とにかくこの土地の名所を走ってください——

瞥見をしてまわる。なんか所もまわり一つところに留まる時間は少ない。サッと見るだけ、それに近い。

——あんなことで小説に書けるんですか——

と疑うむきもあろうけれど、これは索引作りのようなもの。

——あそこに、あんな風物があったな——

と記憶に留め、本当に書くときには、そのために、再度訪ねて、今度は目的にそってしっかりと取材をする。

カメラは持参するが、写真はほとんど写さない。私が利用するのは……求めるのは現場に立って入手する言葉である。言葉で小説に書くのだからポイントとなるスポットでは一番の印象を言葉で頭の中に留めたい。現場に着いて、まず写真、

というのは、一番大切な瞬間を無駄にすることになりかねない。印象をメモ帳に記すこともあるが、持参したテープレコーダーに吹き込むほうが多い。ベラベラとしゃべりまくる。後でそれを聞いて備忘録に記したり、いきなり作品の中で利用したりするわけだ。

外国旅行は次にまた来られるかどうか、むつかしいケースも多いので、取材は、──こんなことも必要かな──

いろいろな利用を予測して取材範囲を広げるので厄介だ。楽しむゆとりは乏しい。

イスラエル

ギリシャ神話や旧約・新約聖書についてエッセイ風の解説書を出版したあと、これに倣って似たような古典の入門書を次々に書いた。コーラン、シェイクスピア、チェーホフ……。〝知っていますか〟シリーズとして親しまれているのは、うれしい。これにともない海外への取材旅行も多くなった。強く印象に残っているエピソードのいくつかを綴ろう。

まず死海。イスラエルとヨルダンの国境に位置する湖だ。塩分が濃いから入るとプカプカと浮く。が、バランスを崩すととたんにひっくり返る。眼《め》、口の中、鼻の孔、傷あと……水が触れるとピリッと痛む。尾籠《びろう》なことながら、水中でおならをしたら、一瞬、鋭い痛みが背筋を走った。

そう、そう、この湖のほとりには小高いマサダの丘があって、西暦七三年、この地の要塞がローマに攻められて陥落、古代ユダヤ王国の滅亡となる。ユダヤ人は国を失い、世界中をさまよい、イスラエル共和国の復興は二十世紀の中葉だった。丘の上を歩きながら、ここで玉砕した人々の魂に思いを馳《は》せ、さらに想像を膨らませて、ユダヤ人の長い、長い建国までの執念に感動し、おそれさえ抱いた。

イスラエルは見どころの多い国だ。領土が小さいからとても能率よく名所旧跡を訪ねることができる。

イエスが十字架を背負って歩いたヴィア・ドロローサ（悲しみの道）は小さな商店が両側を満たし、まさに〝すりにご用心〟がふさわしい。ゴルゴダの丘は丘よりも建物内の聖墳墓教会が観光のポイントで、イメージを描くのがむつかしい。

イスラムの聖地、岩のドームはマホメットがこの岩の上から昇天したとか。

――岩の上はどうなっているのかな――

大きな岩だから通路から上を見ることができない。近くの階段の手すりの上から覗こうとしたが、看守に叱られてしまった。当然ですね。

ガリラヤ湖は船が楽しい。イエスが水の上を歩いたところでもある。ペトロが続いて歩こうとしたが沈みかける。おののくペトロにイエスが告げた。「信仰が薄いから、駄目なのだ」と。つまり本当に神を信じていれば水の上を歩ける、ということだろう。この論理は悩ましい。私たち大部分は、心から本当に信ずることがないらしい。

ガリラヤ湖の遊覧船は料金が高いという評判もあって、お客が文句を言うと、船頭が、

「イエス様が歩いて渡られたところですから」

料金の高いのも当然ということらしいが、

「なるほど。こんなに料金が高くてはイエス様も歩いて渡るわけだ」

楽しいジョークを聞いた。

ホメロスが残した二つの叙事詩『イリアス』と『オデュッセイア』に因《ちな》んだ名

所旧跡へ……地中海の島々、トルコの西海岸などへ広く足を延ばして訪ねた。二千数百年も昔のところなのに、まことしやかな文物が伝えられ、その近くをTOYOTAの車が走っている。ホメロスの生誕地かもしれないヒオス島では、島役場の助役なる女史が、

「絶対にこの島です。ホメロスが生まれたのは」

と自信満々。疑う私に、

「じゃあ」

と教育長から警察署長まで呼んで説得する。村おこしはこの地でも盛んだった。

ハンニバル

ハンニバルをご存じだろうか。

答えて「トマス・ハリスの小説でしょ。ものすごく残酷で、映画にもなったんじゃないかしら」では困る。

もともとは古代カルタゴの将軍で、ローマと戦い、相当な戦果をあげた。もしハンニバルが勝っていたら「古代ローマ帝国は存在せず、世界の歴史は大きく変わっていただろう」は、けっして突飛《とっぴ》な想像ではあるまい。悲劇の将軍であり、孤軍奮闘、剛にして潔く、日本のサムライに少し似ているみたい。私は憧れを抱き、

——小説に書いてみたいな——

と考えたけれど、異国の古代を描くのはむつかしい。思案のすえ現代の日本人の男女が、ともにカルタゴに関心を抱き、二人で遺跡を訪ねて歩くストーリーを考えた。

ハンニバルの故国は現在のチュニジアである。私の小説のヒロインはこの国でガイドなどを務め、男は休暇を利用して、この昔の恋人を訪ねる。こんな設定の中でチュニジアを紹介し、古代カルタゴの歴史を語り、肝腎なモチーフは……小説の狙いは、

「人生にはいくつもの岐路がある。あっちの道へ行ってたら、どうなっていたか、まるでちがう人生もあったはずなのに」

「ええ」

「もし、君と一緒になっていたら?」

「あのね、ハンニバルが勝っていたら世界はまるで変わっていた……と、私も考えたわ。たしかにローマ帝国はなかったでしょうし、カルタゴ帝国はあったかもしれない。だけどイエスは生まれ、キリスト教は広がり、地中海沿岸は同じような歴史をたどったでしょうね。ヨーロッパに似たような国がおこり、ナポレオンが登場し、革命があって、いろいろな民族を集めてアメリカ合衆国が誕生する。どんな英雄の力でも変えられない、大きな歴史の意志のようなものを感ずるのね、私は」

「案外、そうかもしれない」

「だから、あまり論理的じゃないけれどあなたと一緒になっていたら……」

「うん?」

「今ごろ、あなたはどこかの国へあなたの奥さんを訪ねて行き、私は日本で独りあなたの帰りを待っている。なにも変わらないのよ」

なのである。

歴史の意志

平成四年（一九九二年）に発表した中編小説『海の挽歌《ばんか》』は、古代カルタゴの英雄ハンニバルを描きながら現代の日本人の男女の交わりを、恋の名残を……かつて恋しあい、今は男は妻を東京に残し、チュニジアに住む昔の恋人を訪ねてくる、という情況を綴ったものだ。

ハンニバルがローマを破っていたら世界の歴史は変わっていた……かもしれないが、大きな歴史の意志はたいして変わりもせず、同じ世界史を示した、と、こちらが真実かもしれない。

同様に、古い恋も〝あのとき一緒になっていたら〟というイフがつきまとうけれど、登場人物が少し変わるだけ、似たような現実が流れるだけなのだろう。ヒロインは言う。

「男と女の仲なんて、とてもここちよいものだけれど、このくらいの感じが、ほどがいいの。私はそう思う。そう思って生きて来たわ。好きな人がいて、たまに会って……人生を賭けるほどのものじゃない。人はもっと崇高なものに夢を託すべきじゃないのかしら。そして時折、オアシスを求めるみたいに好きな人のことを思うの。好きな人に会うの。楽しかったわ。明日は、どうかすっきりとした気分で帰ってくださいね。私も頑張ります」

と終焉《しゅうえん》が近づく。

男女のくさぐさは（ご興味があれば）小説を読んでいただくとして、ポイントは、こんな結末まできちんと想定したうえでチュニジアへ取材の旅に出かけたことだ。

ストーリーはだいたいできている。ハンニバルについても、カルタゴについてもそこそこの知識は集めてある。そのうえで現地を踏んで確かめるわけだ。

収穫は充分にあった。昨今のチュニジアは治安が少し怪しいけれど、私が行ったときは穏やかだった。とりわけドゥッガの、古代ローマの遺跡は、往年の姿を充分に残して、しかも人影も少なく、そのまま遺跡の中に足を入れ、手で触れることもできて、

――今、私は古代にいるんだ――

そんな実感を味わうことができた。

車を走らせると水道橋のあとが各所に、まるで新幹線のように延びていて、

――ローマ人は土木工事に秀でていたんだな――

しみじみと思い知らされた。

タイからの帰途

「なにか珍しいもの、食べに行きませんか」

とテレビ局の番組制作者から誘われた。

「ドリアンなんか……」

昔、南の戦地に赴いた人からドリアンのおいしさを聞かされたことがあった。アイスクリームとチーズを混ぜたみたい、果物の王様だ、と。

撮影のクルーといっしょにタイへ旅立つことになった。

そして、そのドリアン。まず形がすごい。大きな瓜《うり》みたいで、表面にゴツゴツと粗い突起がある。まるで武器みたい。まるく改良された品種もあるらしい。味わいは、

——まいりましたね——

まず匂いがひどい。わきがみたい。甘いけれども、ねっとりとしつこい。ホテルの出入口には〝持込み禁止〟の貼り紙が目立つ。それでもテレビ取材の旅だからカメラの前でにっこりと笑って食した。

「果物の王様なの？」

と疑うと現地の通訳が、

「それはちがいます。王様の果物です」

王様は子孫を増やすのも大切な仕事のうち、ドリアンは精力の強化に役立つのだとか。

——本当だろうか——

バンコクの周辺まで広く足を延ばした。それはともかく、仕事を終えて帰りの飛行機、クルーと別れて一人で乗っていたのだが、離陸して一時間ほどたったころ、ストーン、ストーンと急降下する。気象が急に変化したらしい。

「ご安心ください」というアナウンスメントにもかかわらず機内はみんな青ざめてうずくまっている。急遽《きゅうきょ》、香港の空港へ避難することとなり、乗客は空港ホテルに一泊して明日の便を待つこととなった。

――香港かあ――

知らない町だった。当然のことながらガイドブックなどこの土地を知る手がかりはなにも持っていない。

――まあ、いいか――

夜の九時をすぎていただろう。一人散歩に出た。

中心街ではないらしい。下町といえばよいのか、雰囲気のやさしいところではない。半裸の男が刺青《いれずみ》の背をさらして道のまん中で飯を食べている。あとで知ったことだが、九竜の、治安のよいところではなかったらしい。外国人がフラフラと散策するにふさわしいところではなかった。人のよさそうな爺《じい》さんの立っている店で炒飯《チャーハン》を食べたが、まずまずの味、奇妙な体験だった。翌日、無事に成田空港へ戻ったが、家へ帰ると日経新聞の連載小説の執筆が近づいていた。

――香港の夜、ユニークだったな――

奇妙な体験は小説にふさわしい。小説は男と女を登場させるものだし、この二人を初めて会わせるには、なにかしら工夫がいる。予想外の事故なら、知らない男女がめぐりあうのによろしい。想像が広がり、連載小説の第一章となった。すなわち『花の図鑑』、昭和六十年（一九八五年）十一月から一年間、朝刊の片隅に載った。

出来のよしあしは筆者が語ることではあるまい。ただこの作品ではタイトル通り花にも大切な役割をそえてもらおうと考えた。各章のタイトルはハイビスカス、黒百合、かとれあ、梅もどき……。こんな思案の背後には、

――男は花の名前を知らないなあ――

私自身の反省があった。

テレビに出演

花たちはみんな美しい。庭に野にめでてやりたい。が、めでるためには名前くらい知らなければまずい。小説家にとって無駄な知識ではあるまい。『花の図鑑』という小説を新聞に連載するにあたって少し勉強を試みた。この方面にくわしい人に尋ねたりもした。

ところが花の名前については、ときどき嘘《うそ》を教える人がいないでもない。する

と、こんがらがる。いったん迷いだすと正しいところがわからなくなる。大好きな花なのに、いまだに私はてっせんとクレマチスの区別ができない。同じ花なのだろうか。和室にあれば、てっせん、洋間にあればクレマチス。花の名を知らない男は多い。

もちろん『花の図鑑』は花々のことを主眼として書いたわけではない。モチーフは、男と女、男が女に関心を抱くのは〝顔、心、床〟という言葉があるからだ。まず容姿の美しい女性に眼が向く。性格のいい人はやっぱりすばらしい。そしてベッドルームに価値のあるケースもある。りっぱなジェントルマンが、

——どうしてこんな女の人を恋人にしているのかな——

世間には不思議なことがないでもない。

「女性のほうからも、その三つが大切でしょ。男の条件として」

と尋ねられて、

「そうですね」

もう一つ〝お金〟が加わるのではあるまいか。小説家はいつだってこんな下衆なことを考えている。

同じころテレビのバラエティ番組の司会を務めたことがあった。称して〝ザ・

ロンゲストショー〟。昼の十二時から五時まで続く。長い。しかし台本を与えられ、両脇に慣れたアシスタントがつき、なにより途中に二時間ほど競馬場からの中継が入り、そこは私にとってなにもしない休憩時間、むつかしいことはなかった。著名なタレントさんたちと対談などをして楽しいところもあったが、油断もあった。

基礎的なことを知らず、視線が動いてしまった。テレビのスタジオは画面には映らないが雑然としていて人の出入りも多い。司会者の視線が動いて、これが画面だけを見ている視聴者にとって決定的に気がかりで、よくない。テレビに映るときは、向けられたレンズの向こうに話すべき相手がただ一人いて、ほかにはなにもないくらいのビヘィビアが必要なのに……。この仕事は長く続かなかった。

私にはなんの知識もなく関わりもない競馬中継で儲《もう》ける人もいるらしく、時折、酒場などで、

「ありがとう、万馬券当てたよ」

心からお礼を述べられることもあったが、私としては、

――これだけ喜ぶ人がいるなら、この十倍くらい私の番組を恨んでいる人がいるはずだな――

いきなりなぐられたりするかもしれない。競馬はそういう仕組みのはずだし、小説家はとっさにこんな逆の現実を考えてしまう。

一年間、素人として務めたにもかかわらず舌禍は一度もなかった。結構わるぐちを言ったりするほうなのだが……。

もしかしたら（なんとなく）差別意識がすくないせいかもしれない。昨今の政情など舌禍が多いのは（あとで謝っているけれど）本心はどこにあるのだろうか。

長編歴史小説

短編小説でデビューし、ずっと短編小説を書き続けてきたが、長編小説に魅力を覚えないわけではなかった。長編はやっぱり小説作法の王道である。『花の図鑑』を連載したのをよいことにして、

――歴史小説を創ってみるかなあ――

色気を抱いた。

しかし私は日本歴史について充分な知識を持たないし、魅力的な人物はたいて

いだれか先輩が書いている。早い話、織田信長なんか司馬遼太郎の『国盗《くにと》り物語』を読んだら、もう私なんかに出番はない。少しく知識のあるヨーロッパの古代史なら、

——書けるかもしれない——

トロイ戦争を俎上《そじょう》に載せてみた。太古、ギリシャとトロイとのあいだで交わされた、と語られている戦いだ。木馬の作戦がよく知られている。事実ではあるまいが、ホメロスが叙事詩に語っている。有名であればこそ、この古典をただ翻案するだけではつまらない。資料を調べるうちに、長い戦乱ののち、敗れたトロイから逃れ地中海をさまよい、古代ローマを建国したアイネイアスなる英雄の伝承があることを知った。これを主人公にした歴史物語を想像し、創造する手がある。

ヨーロッパの古代史を、そのフィクションを日本人が書くのは容易ではない。あきらめかけたときもあったが、自分自身を鼓舞して蛮勇を奮った。決心した以上やりぬくよりほかにない。多くの知己や編集者の助けを受けて、なんとか『新トロイア物語』が成った。

主人公のアイネイアスたちはトロイ王家の残党で、その生涯はまことに波瀾《はらん》万丈、すてきなエピソードにこと欠かない。地中海をめぐる私の取材旅行も大がか

りだった。

かくて苦心のすえの執筆は、不充分ながら長編歴史小説として上梓され、なんと！　文字通りの蛮勇が評価されたのだろう、吉川英治文学賞の栄冠を受けたのである。僥倖《ぎょうこう》であり、望外の喜びであった。

長編小説を書きながらも短編の仕事はつねにルーチンワークのようなもの。この時期には連作短編集を数多く創った。これは月刊誌などに毎月読切りの短編を書き、十二カ月ほど続けて一冊の本にまとめる、そんな企画である。

バラバラの短編でありながら、やがて一書となるのだが、全体に統一性のあるほうが望ましい。

たとえばシャーロック・ホームズ物のように主人公が一貫しているケース、一つ一つ事件が起き、それを解明しながらいくつかを集めて一冊となる。これは主人公を同じくする統一性だ。『銭形平次捕物控』も同じ趣向だ。全体をつなぐ統一のアイデアは、ほかにもいろいろあるのだが、とにかくこの形式は月刊誌によく、本の出版にも適している。つまり出版社に都合がよく、私の性にも合っていた。あれこれと考えた。

日本の都道府県を一つ一つ舞台にして全体をまとめる短編連作集を創った。女性が用いる小物……香水、口紅、ハイヒールなどで創ったこともある。観覧車から見える風景を綴って十話にまとめたケースもあった。世界の各地をめぐった『新諸国奇談』では、二、三の大陸だけではバランスを欠くし、いちいち取材にも行けないし、舞台を広く世界に散らしてストーリーを創るのが厄介だった。

酒場談議

タバコは喫《す》わない。若いころ、かっこうをつけて指先で遊んだことはあったが、煙が喉から奥へ入らず、間もなくやめてしまった。

酒は飲む。料理といっしょに飲むのが好きで、ひとさじの塩で飲むなんて、飲まないほうがいいくらいだ。

小説家になって、それまでより多く酒場へ出入りするようになった。仕事場が近いので銀座・新橋あたりがほとんどだった。

〝好きだから飲む〟と、理由はそれだけでよいと思うけれど、本当のところ、編集者と談笑する、先輩作家の話を聞く、ママやホステスの話もおもしろい。それ

ぞれにあなどれない価値があったと思う。昨今、酒場へ行く機会がめっきり減ってしまうと、

——あれは役に立っていたんだな、やっぱり——

飲んべえの言い訳を超えるものがあったように思う。酒場で聞くたった一つのエピソードで一編の短編小説が書けることも少なくない。

カウンターだけの小料理屋のママは、すごい聞き上手だった。客たちが話すことを黙って聞く。せいぜい片言を呟き、あいづちを打つくらい。しかしいつも真情が籠っている。話し手はついつい話し込んでしまう。悩みを訴えてしまう。よい解決が示されるわけではないが、心は癒《いや》される。みごとなものだった。ある夜、

「あんなに熱心に聞いてばかりいて疲れるだろう？」

と尋ねると、

「いいの。家で主人にたっぷり話すから」

聞き手が話し手に替って心の平衡が保てるらしい。

あとになって知ったことだが、店を閉め家へ帰ると、

「今日あったこと、楽しいこと、つらいこと、朝まで話すのよ、主人に」

だが……たった一人のアパート。ご主人は十年ほど前に他界し、一枚の遺影が

居間に飾られているらしい。

これはほとんどそのまま私の小説になった。

先輩作家と言えば、吉行淳之介さんには小さなバーでよくお目にかかった。文学についていたくさんの示唆を、それとなくいただいたが（と言うより私が勝手に盗んだのだが）忘れられないエピソードは、深夜に、ある役者さんが吉行さんの小説を読んでいたく感動したことが話題になり、

「あいつ、なんという名前だったかな」

吉行さんは思い出せない。ほかのだれも見当がつかない。こんなときは妙にイライラするものだ。

「あ、そうだ、あれに聞けばわかる」

吉行さんは電話をかけた。夜の十二時を過ぎていた。〝あれ〟というのは妹さん、すなわち女優の吉行和子さんである。ベルが長く鳴って、

「もし、もし」

不機嫌そうな声が返ってきた。

「おい、おれだよ」

「どなた？」

「兄貴だよ」

とたんに電話の中から、

「だれが死んだの？」

真夜中に兄から急な電話があれば、この反応がふさわしい。笑いが起き、わけもなくほほえましかった。

吉行和子さん、許可もなくこんなエピソードを書き、許してください。あの役者さんはだれでしたっけ？

今、机に向かっていると……星新一さん、色川武大《たけひろ》さん、大原麗子さん、懐かしいエピソードがあるけれど、ここでは書くスペースが足りない。

直木賞の選考

平成七年（一九九五年）の上半期、私は直木三十五《さんじゆうご》賞の選考委員に就任した。こののち平成二十五年の下半期まで十九年のあいだ、この重職を務めたのだが、その時、その時心を尽くしてこの任に当たったと思う。

この委員会の委員は九人くらい、長老格がいて、昔は新参者はなかなか長老に逆らいにくい雰囲気がないでもなかったと聞いたが、私のときは黒岩重吾さんが年輩者で、急に、

「こんなポルノみたいな小説、なんで最終候補にするんだ」

と激しく怒ったりすることはあったけれども、会の進行についてはすこぶる民主的、若輩の意見にもよく耳を傾けていた。この選考会がずっと公平であるのは、こうした伝統のせいだと思う。

「芥川賞と直木賞は、どうちがうんですか」

これは悩ましい。あえて私見を述べれば〝小説にはよい小説とわるい小説との区別はあるかもしれないが、芥川賞は純文学、直木賞はエンターテインメントという区分は本質的ではない〟と思う。

小説は本来俗っぽいものであり、おもしろくなければ意味がない。おもしろさの種類はいろいろだが、ストーリー性に加えて文学である以上、文章の巧みさ、人間や社会に対する洞察、それなりの芸術性が求められるのは当然だろう。私は大学で文学を専攻したので（そのせいばかりではないが）いわゆる純文学的なものにも充分に興味を抱いていたが、ある日、

「阿刀田君は直木賞のことだけ考えていればいいんだ」

黒岩さんに叱られてしまった。黒岩さんには屈折した思いがあったにちがいない。私はと言えば、直木賞の選考では、自分なりのよい小説を求めて精読した。選考委員は自分の小説観にひたすらであるよりほかにないのである。

正直なところ、小説について一番適切な選考のできる人がだれかと言えば、長らく小説類を扱う出版社などで作品を吟味することを職務とし、多くの作家と接し、作家を育てた編集者がよい。少なくとも私より優れている、と思う。もし私に利点があれば、

——この候補作は私には書けない——

このものさしではあるまいか。ベテラン編集者は〝今まではこんな小説がよいとされた〟ことをよく知る人である。これは大切なことだが、未来志向としては欠けるものがある。小説家が（実際に書けるかどうかはともかく）〝私には書けない〟と感ずるのは、新しいもの、今までにないもの、微妙ではあるが未来志向を含むものではないか。この点、いくつか思い出す選考会があるけれど、内情については基本的にマル秘である。

それにしても私が選考会に加わったころは、先輩諸氏に五木寛之さん、井上ひ

さしさん、田辺聖子さん、平岩弓枝さん、論客がそろっていた。選考委員会の歴史の中には優れた小説家の名はたくさんあるけれど、小説の読み巧者、批評の深さ、弁舌のおもしろさにおいて右のような有力メンバーを並べたときはあっただろうか。

井上さんが本を叩《たた》きながら、まことしやかに「これは天下の傑作です」と言えば、五木さんがさりげなく「このごろ世代的にこういう軽さが支持されて……」などとユニークな見解を示す。田辺さんは「男たちはすぐこんな小説をほめて」と笑い、平岩さんが入念な時代考証を呟く。まことに楽しく、有益な選考会であった。

人間を描く

井上ひさしについて考える。
松本清張について考える。
星新一について考える。

いずれも私がその作品を愛読した先輩作家である。そして多分、私のみならず市井に多くの愛読者を持つビッグ・ネームたちだろう。

井上ひさしが『手鎖心中』で直木賞を受けたとき選考委員の一人、松本清張は絶賛を惜しまなかった。励ましの手紙をしたため、プレゼントまで贈ったとか。

——わかるなあ——

松本清張はどこまでも資料を調べて、調べて、調べ尽くして筆を執る作家であった。井上ひさしもこの点では人後に落ちない。

そして松本清張は、つねに恵まれない人の味方、権力に抵抗する作家であり、井上もまたそれが身上であった。

松本清張は若い井上の作品の中に自分と同じ長所を見出し、おおいに満足したのではあるまいか。

しかし、その後、時移り星流れ、晩年の井上の小説を読むとき、私としては、

——清張さんは井上さんをずっと評価し続けたかなあ——

疑念が湧かないでもない。松本清張は、生きた人間を描くことを旨としていた。似たような立場に置かれても、それぞれの人間の心理や行動はみんなちがう。なぜこの男は人を殺したか、その現実をしっかりととらえて書いた。

逆に言えば、パターンで人間を描かなかった。金持ちはみんな同じ金持ちのように、泥棒はみんな同じ泥棒……。パターンで書いたのが星新一だった。人間をパターンとして登場させ、そこにみごとな寓話を創りあげたのだ。松本清張が星新一を好まなかったのは本当であり、理由は多分このあたりだったろう。

井上ひさしもパターンで書くところがなきにしもあらず。『手鎖心中』にもそれは見えるのだが、松本清張は新人のそれを許容したのではなかったか。

井上ひさしは、なによりも劇作家であった。小説は松本清張のように生身の人間を書くのが本道だろうが、戯曲はパターンで描いておいて、それを生身にするのは役者の仕事。戯曲に力を入れた晩年の井上は小説でもパターンを好んだのではあるまいか。あれこれと想像して私の読書は広がっていく。

星新一さん

三〜四十年前には確かに実在し、それ以前から相当に長く続いていた事業に、文藝春秋がバック・アップする数日間の文化講演会があった。地方都市を会場にして、講師は二〜三人、月曜日に出発して、さながら双六《すごろく》のように宿泊の旅を続けて金曜に東京へ帰る、それが標準的なスケジュールだった。

私は三度参加した、と思う。そして、そのうち二回は星新一さんといっしょ、講師として驥尾《きび》に付す形となった。考えてみれば、これは、すばらしいチャンスだった。五日間、つねに同行するのである。列車の中、車の中、ほとんど隣り合わせに座る。若いときから星さんのショートショートは真実、愛読していたが、それまではお話をする機会さえなかった。むしろこの旅行を通していくらか親しくなり、パーティーなどでお目にかかれば言葉を交わすようになった。

星さんはポツリ、ポツリとおもしろいことを話す。列車の窓から稲穂の波打つ風景を眺めて、

「雀《すずめ》というのは、どうしてもっと増えないのかなあ」

「結構たくさんいるんじゃないですか」

「しかし、餌はいくらでもあるし、天敵がそう多いとは思えない。もっともっと増えてもよさそうなものだな」

「はい」

小考ののち、

「セックスの技術が下手なんじゃないのかな」

ショートショートの名手はいろいろなことを静かに考えているのだ。

私が影響を受けたイギリスの作家ロアルド・ダールについては星さんも充分にそのすばらしさを認めていたが、認めながらも、

「ダール、ダールと言っても本当にすごい作品は、こんなものだろ」

と片手を広げる。五本ということだろう。私はほとんど同じような情況にもう一度遭遇しており、そのときは三本指だった。

すごいのは五作か、三作。私もこの評価に首肯するところがないでもない。その五つ、三つはなにか。『南から来た男』と、それから……。具体的に作品名を聞きそびれたのは残念である。

自宅マンション

早くに両親を亡くし、住居には不自由することが多かった。息子二人、娘一人の成長は早い。同じ部屋に寝かせておくわけにはいかない。一念発起、借金をし

て青山に適当なマンションを求め、仕事場をすぐ近くに借りた。

このマンションに向田邦子さんが住んでいたのは引っ越したあとで知ったことだ。向田さんは没後三十余年、今でも人気の高い作家だが、当時は脚本家としては著名であったが、小説家としては私のほうがわずかに先輩……あえて言えば直木賞受賞が一年早かった。もちろん顔見知りであり、担当する編集者にも同じ顔ぶれがそろっていた。

向田さんは独り暮らしである。私生活では独りを楽しむ人だったろう。近くに私が引っ越して来たのは、多分、少しは迷惑に思ったのではあるまいか。私は向田さんの部屋を訪ねたことは一度もなかった。

しかし廊下ではよく会う。とりわけずらりと並んだ郵便受けの前あたり、それがほとんど隣同士といってよいほど近い位置なのだ。

向田さんは気働きがあって、社交的だ。会ったとたんに、

「この前のあなたの小説、よかったわよ」

と雑誌に発表したばかりの作品を絶賛してくれる。私のほうも、事実、向田さんの作品はすばらしいので、よいことを言おうとするのだが、いつもタイミングを逸し、先に褒められてしまう。

ある夏の日、私が郵便物を取りに行くと、向田さんが大量の郵便物を抱えている。

「阿波踊りに行って来たの。遊んでばかりいて」

と少し恥じている。

「いいじゃないですか」

独り暮らしの特権だろう。

「明日からまた台湾へ遊びにいくわ」

「いいですね」

いつも通りの立ち話だったが、これが台湾の飛行機事故、才媛の最期となった。

これより前に私は向田さんの著書にサインを願ったことがあった。向田さんは胸部の手術のあとで筆がうまく使えない。友人のKさんに墨書を習っていて「まだ、いろいろ書けないの」と言い、『無名仮名人名簿』という本に〝一、二、三〟とだけ署名もないまま記してくれた。

没後に、ある雑誌にKさんが故人の思い出として〝一、二、三〟だけを教えたこと……そして、

「サインにするって言ってたけど、本当にあれを書いたサイン本、持ってる人、

いるのかしら」

と懐かしがっているみたい。

「いますよ」が私の答だが、向田さんはみんなに親しまれ、ユニークなエピソードの多い人だった。

このマンションには大先輩の早乙女《さおとめ》貢《みつぐ》さんも仕事場を構えて、

「よおッ、元気か」

着物姿を繁く拝見した。

早乙女さんは会津の武家の末裔《まつえい》で、故郷への思慕は激しい。

ある日、マンションのロビイを通ると顔見知りの編集者がしょんぼり座っている。

「早乙女先生のところへ来たんですけど、お会いできなくて」

ただの留守だったらしいが、彼が言うには、

「私、山口の出身なので……」

いまだに長州の人は会津の武家の子孫に恨まれているのだとか。

Ⅳ

自国の言葉

古い広辞苑で〝国語審議会〟を引くと、ちゃんと項目を設けて〝国語の改善、国語教育の振興、国字・ローマ字に関する事項について調査・審議し、政府に建議する機関。（中略）一九三四年（昭和九）設置。現在のは四九年の文部省設置法に基づいて設置〟と明記されている。昭和を生きた多くの人が〝現代かな遣い〟や〝当用漢字表〟などと関連して、この機関の名前くらい知っているのではあるまいか。

私も一時、文化庁の命を受けてこの委員を務めた。小説家として日本語には充分に関心があったから、

——私にできるのかな——

と思いながらも、

——やってみよう——

と考えたわけである。

とはいえ、たったいま綴ったことは正確ではない。新しい広辞苑などでは今の引用のあとに〝二〇〇一年に廃止され文化庁文化審議会国語分科会が活動を継承〟と記されているのだ。私が委員に就任したときは栄誉ある国語審議会は消滅し、文化審議会の下に文化財分科会や著作権分科会といっしょくたにまとめられていたのである。

私は任期の最後に文化審議会の会長まで務めたが、国語については不充分ながらも知識は持っていたものの、文化財や著作権については素人に等しい。それが会長であるなんて、

――この統合は問題があるなあ――

と真実、恥じてしまった。

とりわけ国語審議会が、こんな形で縮小化されたのは残念であり、望ましいことではないと思う。

〝国語は国家なり〟という言葉もある。これは本当だ。国語審議会の活動には毀《き》誉褒貶《よほうへん》、いろいろな評価があるだろうけれど、やはり国家は自国の言葉について本気で、充分に配慮すべきではなかろうか。

が、それはともかく委員に就任して、まず文部科学大臣の諮問を受けて〝国語力の重要性について〟を討議した。私個人としては国語力の重要性について、

――なんで文部科学大臣に答えなきゃいけないの――

自明のことではないかと思ったが、そんな暴言を吐いてはいけないよ、一委員として読書の重要性などを訴えた。

次は同じく〝敬語について〟の諮問である。日本語の敬語をどう整理して教え、活用したらよいか、である。

これはむつかしい。ルールを設けても例外が多く、わかりにくい。このとき私は分科会の委員長を務めていたが、他の専門家の意見をおおいに拝聴して、なんとか答申に漕《こ》ぎつけたが、いまだに、

「敬語なんて、結局、ケース・バイ・ケース、成長のプロセスで周囲に倣って覚えるよりほかにないのでは」

と、頼りない。

同時に〝常用漢字について〟の諮問を受け、これはもっとむつかしい。正月を挟んで猛勉強と覚悟していたが、その直前に任を解かれ、

――ああ、よかった――

その後、この答申は私などよりずっと優れた会長と委員により一通りの結論が示されたはずである。

——私なんかが務める仕事ではない——

これはただの弁解だが、それとはべつに、すでに述べたように〝日本語をどう考えるか〟は国家のテーマとしてつねに英知を集めて思案すべきことではあるまいか。小説家としてはそれなりに考えているけれど。

国語審議会①

ほんの短い期間であったが、文化庁の文化審議会の委員に就任し、一時は会長の役まで務めた。文部科学大臣から諮問を受け、国語力の重要性や敬語のあり方などについて協議し、答申をした。

日本語は小説家にとって命綱のようなものだから、否応《いやおう》なしに関心を持ち続けているが、会議を通して、

——専門家は、やっぱりよく知ってるものだな——

と感嘆することが多かった。

「動物の名前で一番よく漢字で書かれているのは、犬？　猫？」

新聞や雑誌で実際に用いられている漢字の頻度について尋ねると、専門家は、

「熊と鹿が多いんですよね」

「えっ。本当に」

「はい。熊本県と鹿児島県があるので」

なるほど。イヌとネコは片仮名で表記されることもあるし、新聞などで話題になることもそう多くはあるまい。

忖度《そんたく》の〝忖〟のように一時、急に繁用されるものをどうするか、例外を一つ設けると、ほかにどんな支障が生ずるか、ややこしいことがたくさんあった。

が、今、語りたいのは（もう旧聞に属するが）

――これでいいのかな――

国語審議会がなくなったことである。

「審議会が多すぎる。整理しろ」

ということで、文化庁にも改革があって、文化審議会が設けられ、その下に国語分科会、文化財分科会、著作権分科会がまとめて置かれることになった。

―無茶でしょう―

それぞれがかなり専門性の高い知識と審議を必要とするものである。私は主として国語分科会に出席したが、文化財や著作権についてはまるで素人である。しかし文化審議会の会長になると、すべてを代表しなければいけない。

その弊はおくとして、国語審議会は、少なくとも戦後の日本で漢字の制限や、かな遣いなど多くの実績を残している。広辞苑にも項目として載っている。その役目は大きく、大切だ。やはり独立した形で保って、よい日本語を守らせるべきではないのか。

国語審議会②

国語審議会なんて、少し堅苦しいことを書いてしまったが、これは私たちの日常に深く関わっているテーマである。

言葉が正確でなければ、考えが正確であるはずがない。広く、正確に伝わるはずもない。昨今の国会中継をテレビなどで見ていると、

——誤解って言葉を、誤解してるんじゃないのかな——

首を傾《かし》げたくなることがないでもない。

さらに、言葉が豊富でなければ、考えが豊かであるはずがないし、言葉が美しくなければ、きっと考えていることも美しくはないのではあるまいか。

古くから存続して、それなりの実績を社会に示してきた国語審議会が、いつのまにかなくなり、文化審議会の中の一分科会となり、他の文化財保護や著作権問題（この二つもそれぞれ重要だが）と、いっしょくたというのは、やっぱり国語の軽視であり、民度の低下になるだろう。私は委員としてあまり役立つ仕事ができなかったけれど、この会に関わった者として、このことだけは声を大にして叫びたい。

文化庁の審議会に参加したせいもあってか、文部科学省の臨時の審議会にも時折、呼ばれた。たとえば初等中等教育分科会とか……。あまり慣れていない。知っている人は知っていることなのだろうが、

——へぇー、そういうことなのか——

問題は出席する委員の顔ぶれである。くわしくはわからなかったが、おおむね、

——この人なら、こういう意見だろうな——

見当がつくのである。関係団体の代表みたいな人もいて、これも立場上意見はおおむね決まっている。つまり行政が広くいろいろな人を集めておこなう審議会、公聴会は（全部が全部とは言わないが）あらかじめどういうメンバーを集めるか、それにより落としどころは初めから決まっている、というケースが結構多いのではないのか。

――そうなんでしょ――

私が呼ばれたのは、一人くらい勝手な（あまり色のつかない）やつを入れておくとカムフラージュになる、くらいのところではなかったのか。このあたり政府や行政のやることについて少し疑念が生じ、利口になった。

井上ひさしさん

井上ひさしさんと知り合ったのは、とても古い。昭和四十年（一九六五年）ごろ、私は図書館に勤めながら、あちこちに雑文を書いていた。井上さんはＮＨＫの『ひょっこりひょうたん島』の台本などを創って人気を集め始めていた。

新聞社が発行する週刊誌でジョーク混じりの遊びページを作る企画があり、井上さんと私が執筆することになった。企画会議に赴くと二人とも廊下の長椅子で待たされた。

「このあいだのコラム、おもしろかったですね」

「ああ、駄じゃれで首相をからかったやつ」

気軽に話しあった。

そのとき井上さんは、なんとなく日本語には音が少ないこと、外国語には音が多いことを語った。くわしくは覚えていない。

「そのせいで日本語には同音異義語が多く、しゃれがつくりやすいんですよ」

英語と比べれば、日本語は母音も少ないし、バビブベボではBとVの区別が薄い。RとLのちがいもない。いきおい同音異義が多く、

「あんた教養あるね、いつから」

「今日よ」

などという遊びが生ずる。

これに応じて私は確か、

「駄じゃれなんて言われて馬鹿にされるけど、しゃれと掛《か》け詞《ことば》、原理的には同じ

ものですよね」

日本文学の伝統的技法の一つ、掛け詞は馬鹿にされるものではない。

「本当ですね」

なにげない会話だったが、これがどこでどうつながるか説明はむつかしいけれど、その後の井上さんの創作に、そして私の執筆に関わりのある知恵となった。しゃれの構造を吟味し、しゃれを軽蔑しない、その後の二人にとって有効であった。

——初めて会ったときに、あれを話したんだよな——

感慨が深い。

初対面は古いのだが、そして文学賞の選考会などでしばしば顔を合わせてそれなりに親しんだが、井上さんは酒を飲まないし、年中締切りに追われて忙しい。ゆっくり話のできる人ではなかった。演劇の世界のことはつまびらかではないが、文学の世界では親しい友は少なかったのではあるまいか。

ところが平成十五年（二〇〇三年）井上ひさしさんが日本ペンクラブの会長に選ばれた。この団体は文筆家の集団であり、国際ペンの一角として平和と表現の自由を広く訴えて活動をしている。歴史も古く昭和十年（一九三五年）から続い

ている。井上さんにはまことにふさわしい要職である。そして新会長は私に、

「専務理事をやってくれないかな」

と言う。専務理事は会長を補佐して実務の遂行に尽くさねばならない。少し迷ったが、

「わかりました」

と決まった。

こうなると会長と専務理事はうち合わせを繁く交わさなければならない。ともに直木賞の選考委員に就いていたが、そしてその選考会場は築地の料亭だったが、選考会の終わりに合わせて小部屋を用意してもらい、ヒソヒソヒソヒソ、ペンクラブの運営について話し合う。本来ならわけありの男女がひっそりと過ごすところだろうに……。

「予算が足りないね」

「どうします?」

井上さんとの交友が深くなった。

国際ペン

日本ペンクラブは日本の各地に赴いていろいろな会合を催している。井上ひさしさんが会長のときは十中八、九、会長が足を運び、専務理事の私がおともをする。

そう言えば盛岡でペンクラブの大会を催したとき、井上さんは宮沢りえさんと公開対談、会場の整理券がプラチナ・チケット並みの大盛況となった。

この少し前に井上さんの作品『父と暮せば』が宮沢さんの主演で映画化されていたのである。原爆投下の広島でたまたま生き残った少女を演ずる宮沢さんは、

「ヒロインと同じ心にならなきゃダメって思ったんです」

そのために悲惨な資料を漁《あさ》って読み、平和記念資料館へも足を運び、つぶさに見聞を深めた。その女優としての熱意に井上さんは感動して、

「今度、ぜひ私の芝居にも出てくださいよ」

宮沢さんは静かな笑顔で、

「私、不器用なんです。台本の間に合わない舞台は、ちょっと……」

井上さんは台本のなかなか仕上がらない作家だった。締切りに追われる中で会長職は厄介な仕事だったろう。本当にご苦労さまでした。

その井上さんのあとを追って私が十五代の会長に就任したのは……なぜだったのか。井上さんの強い推挙があってのことである。すでに国際ペンの大会が東京で開かれることが決まっていた。内情を記せば、世界規模の文筆家の団体、国際ペンは毎年、総会と、それにともなう催しを各国のペンクラブに委ねて開いている。まわり持ちであり、日本では過去に昭和三十二年（一九五七年、会長・川端康成）と昭和五十九年（一九八四年、会長・井上靖）にこのノルマを実行している。いつも華やかで、今回もおおいに期待されていた。

かくて三回目は平成二十二年（二〇一〇年）の秋に東京で催され、テーマは〝環境と文学、いま何を書くか〟であった。京王プラザホテルや早稲田大学その他を会場にして海外からは八十五センター、二百九十二名の参加をえて、まことに盛大であった。基調講演（M・アトウッド、高行健《こうこうけん》）、文学フォーラム、セミナー、朗読会、分科会などなど詳細はここでは語りきれない。送別パーティーは各国の余興もあり、すこぶるにぎやか。八日間の催しを大過なく終えたことが主催者代表としてもっともうれしいことだった。

にぎやかさの陰で特筆しておかねばならないことは、このとき……いや、このときだけではないのだが、中国の劉　暁波《りゅうぎょうは》さんへの弾圧がしきりに訴えられていた。中国共産党の独裁によって、身柄を拘束されるなど厳しい人権蹂躙《じゅうりん》にさらされていたのである。弾圧はますます激しくなっているらしい。その一方でのノーベル平和賞の受賞も有力と、ささやかれているというのに……。

国際ペンとしてはこれを看過するわけにはいかない。抗議集会が催され、中国大使館へ抗議文を持ち込んだが……梨のつぶて。その後、劉暁波さんは獄中にあるままノーベル平和賞を受け、やがて死去する。

――有効なことはなにもできなかった――

そして氏と志を同じくする劉霞《りゅうか》夫人も健康を害し、今なお自宅に軟禁され、不本意な生活を送っているとか（この後、二〇一八年七月にドイツに出国しました）。華やかな大会を思い出すかたわらで私たちの心は重く、苦しい。

高行健さん

国際ペンの東京大会で高行健さんと親しくお会いできたのは、いささかミーハー的ではあるけれど、うれしかった。

高さんは日本ではほとんど知られていないけれど、堂々たるノーベル文学賞の受賞者である。一九四〇年、中国の江西省の出身で、もちろん中国語で書く作家であったが、フランス語を学び、劇作にも優れている。八八年にフランスに渡り、八九年に天安門事件を知り帰国を断念。九八年にフランス国籍をえている。ノーベル賞を受けたのは二〇〇〇年であり、フランス人としての受賞であった。

とはいえ中国語で創作した作家としては最初のノーベル文学賞であり、彼はほかにも欧米の文学賞を多く受けているのだ。

お会いしてパリでの生活ぶりをうかがい、少し真面目に、

「サルトルなんか読まれましたか」

「読みましたよ、おおいに」

「戯曲もお書きになるんですね」

「このごろは凝ってます」

しかし、突っ込んだ事情は……デリケートなテーマは（私のフランス語が不充分なせいもあるのだが）尋ねにくい。

中国にもペンクラブは存在しているけれど、表現の自由などを高く標榜《ひょうぼう》する国際組織とは折り合いがわるい。会費を滞納したり、代表を送らなかったり、よい関係とは言えない。

高行健さんは、フランス国籍であっても故国に対するさまざまな思いがあるだろう。関係者もたくさんそこに暮らしているだろう。発言は慎重でなければならないし、こちらも軽々に尋ねてはならない。スパイも散っているのだ。

高さんの人となりは、百パーセント、中国のジェントルマン、むしろ〝フランス語に通じた中国人作家〟という印象が濃厚なのだが、中国人はほとんどこの優れた作家のことを知らないのである。

厳しいテーマは語り合えなかった。私としては、ややこしい情況に立つノーベル文学賞受賞者と親しく話せたこと、それだけで満足（先に〝ミーハー的〟と記した所以《ゆえん》である）であった。

「日本ペンクラブの活動に期待してます」

これはただの挨拶ではなかったと思う。再会を約したが、残念ながら果たしていない。お元気のことと願っている。

莫言さん①

中国の著名な作家・莫言《ばくげん》さんとは、東京で催した国際ペンのフォーラムでお会いして、わずかながら面識があった。

莫言さんは『赤い高粱《コーリヤン》』や『転生夢現』など、日本で翻訳出版された本もたくさんあって、愛読者も多いのではあるまいか。

二〇一二年の八月、私の短編集が四冊中国で翻訳出版されたのを機に上海《シャンハイ》と北京《ペキン》に赴いてブックフェアに参加、サイン会やらインタビューやらPRをかねた催しに加わったが、その一環として莫言さんとの公開対談が設けられた。

「東京フォーラムではお世話になりました」

「いや、いや、こちらこそ」

中国の文学、日本の文学、そして、それぞれの最近作について尋ねたり答えたり、百名ほどのジャーナリストを聞き手に語り合った。

私にはぜひとも質問したい一条があった。すなわち「毛沢東の『文芸講話』をどうお考えですか」である。

これは日本でも文庫本で出版されているが、毛沢東が革命期に語った文学理論であり、端的に言えば〝革命に役立つのがよい文学、それ以外はペケ〟という主張である。私も学生のころに読んで、

――革命をやってる人は、こう言うよなあ――

と納得したが、広く文学全般の理論とはなりえない。谷崎も三島もチェーホフもみんな駄目だろう。

莫言さんの作品も民俗を描いて少しちがう。だが『文芸講話』は建国の英雄・毛沢東の主張であり、一時はこの国において絶対的な力を持った理論である。それを現代の作家がどう考えるか、中国文学の現況を知るため聞いておきたかったのである。

莫言さんにとって危険な質問かもしれない。答えようによっては迫害を受けるかもしれない。種を明かせば、事前に「聞いていいですか」と許可をえたうえで

尋ねた。莫言さんの答えていわく。

「歴史的な名著です。価値は高いが文学は時代ごとに形を変えて書かれますから」

と否定はしないが、やんわりと自分の立場を訴えた。

莫言さんがノーベル文学賞を受けたのは、このすぐあとの秋だった。

莫言さん②

二〇一二年の秋、莫言さんがノーベル文学賞を受け、中国の文学者として最初の受賞者となった。

少し前にこのエッセイで触れた高行健さんは、二〇〇〇年にノーベル文学賞を受け、中国語で書いた作家の第一号となったが、高さんはきわどく国籍をフランスに移していた。

高さんは〝中国人ではない〟という理由もあって、中国ではその栄光を知らない人が多い。だが莫言さんはいよいよ中国人である。どうかな、と案じたが、私の知る限り高さんよりはましだが、充分な知名度とは言えないような気がする。もともと中国の体制側は……現下のオピニオン・リーダーたちはノーベル賞そのものをそう高くは評価していない。文学賞も、

――どうも文学ってやつは反体制になりがちだからな――

と白い眼で見ているところがある。日本とはかなりちがうようだ。

莫言さんがノーベル文学賞をえて、中国の（まともな、それゆえに反体制的な）文学者たちは、莫言さんが世界的な権威を手になにか躍進的な言動を示してくれるのではないか、おおいに期待したところがあったらしいが、莫言さんは自分の文学観を守ってか、身を謹しんでか、今のところ穏やかである。中国文学の現状と行方はなかなかむつかしい。

ところで私が莫言さんと会い、サイン会やインタビューに臨んだのは二〇一二年の八月、正確には八月十六日から十九日であった。くすぶっていた尖閣《せんかく》諸島の領有をめぐって日中二国の感情がいっきに悪化した。まさにその日々であった。

私はホテルで中国語ばかりのテレビを見もしなかったから、その日その日の情勢を知らない。知らないまま中国の皆さんと接したのだった。

私がぼんやりしていたのか、皆さんはいつもと変わらず友好的で、来訪者を来

訪者として温かく遇してくれた。テレビのインタビューで、

「中日の対立をどう思うか」

と質《ただ》され、

「国と国との利害はどうあれ私たちは仲よくやれば、よいんじゃないですか」

私が暢気なる正論を唱えると、聞き手も多く笑って頷いていた。

外国語

日本ペンクラブの要職に就いて外国語がうまくしゃべれないのは、

——つらいな——

不自由なことだった。英語とフランス語は読むぶんにはなんとかできる。挨拶くらいはこなせるが、会話を含む仕事はやりにくい。ご多分に洩《も》れず私たち世代の特徴であり、

——ずいぶん勉強したはずなのに——

残念と思わないでもない。

だが、一生を顧みて、

——読めただけでもよかったな——

この喜びも深い。

外国語を聞いたり話したりする教育をほとんど受けなかったし、外国人に接する機会も乏しかったのだから、これができないのは当然である。昨今は早くからの〝話す、聞く〟の教育が叫ばれ、もてはやされているが、私としては「読むことも大切ですよ」と、これを軽視してはなるまい、と考える立場である。

話して聞いて外国人と意思を疎通することも大切だが、なにか深いことを本当に理解するとなると、やっぱりしっかりと読むことが欠かせない。日本語だって複雑なことをちゃんと知るためには読まなければなるまい。講義を聴き、資料もないままディベートをしたって深遠は極めにくい。知識を深めるためには（ITの時代は少し様子が変わるかもしれないが）現状では本を読むことが肝要なのだ。

私の少年期、昭和二十年代は〝カム・カム・エブリボディ・ハウ・ドウ・ユー・ドウ・アンド・ハウ・アー・ユー〟

と歌から始まった。

しかし地方都市に暮らしていたから英語を話す機会なんか皆無だし、聞くほうもラジオしかない。読むことだけは古本屋に行けばいくらでもテキストがあった。知らない言葉を読むのがうれしくて喜びの中で学んだ。学習はこれが一番身につく。高校生のころにはラフカディオ・ハーンを読み、アラン・ポーまで楽しんで読むようになった。ハーンの怪談「MUJINA」では、むじなが紀伊国坂《きのくにざか》に現れる。それは私が初めて勤務した図書館（旧・赤坂離宮）の脇であり、散歩に歩けば英文を思い出し、うれしかった。ポーの『黄金虫《こがねむし》』は英文の構造を考えるうえでおもしろい。どんなに短くてもEの含まれない英文なんて、まあ、ない。

大学でフランス文学を専攻したのも、

——もう一つ、べつな言語を知りたい——

この思いがあったようだ。一年ほど学んで、デュマ・フィスの〝ダム・オウ・カメリア〟（椿姫）は、なんとか読める作品だった。古典劇の傑作、ラシーヌの『アンドロマク』は精読し、今、一冊翻訳本を上梓できるなら訳者として、

——あれに挑戦したいな——

どこか酔狂な出版社がないものだろうか。

くり返し言うけれど、昨今、小学校での英語教育が……とりわけ〝話す、聞く〟に重点を置く早教育が叫ばれているが、私は旧習を守って、

——日本語が先——

のほうである。

英語の早教育を実施するなら、まずシステムを確立することだ。小学校の教師に制度として（教職課程の中で）英語を教えることをしっかりと伝授しないで〝教えなさい〟はおかしい。小学校から中学校へこの教育をどうつなげるか、これもちゃんと検討しなければなるまい。あれこれ綴ったが、私は自分の読むこと中心の外国語学習を後悔していない。

V

朗読

妻の慶子は子育てを終えた五十代に自分にできる好みの仕事を見つけて、

——本気でやってみたい——

と考え、試行錯誤のすえ朗読をさぐり当てた。

カルチャー教室で学び、しかるべき指導者に師事して三、四年、初めは日本点字図書館の朗読員として少しずつこの道を探った。

夫の私としては、

——なにをやるのかな——

とながめ、次第に、

——なるほど、こういうことに挑戦しているのか——

と納得した。

点字図書館の朗読員は、依頼があれば各分野の本を読まなければならないが、

妻は、

——文学をやりたいの——

と小説を意図的に読むようになった。私の作品をラジオや図書館で読んだり、CDに録音したり……そのうちに私があちこちで講演をするのを見て、

「いっしょに舞台で読めないかしら、あなたの作品を」

二人で舞台に上り、妻が私の小説を読み、私がそれに因んだ話をする。各地に赴き、ロスアンジェルスやニューヨークまで足を延ばした。さらに本格的に〝朗読21〟なる小さなグループを作り、年次公演をおこなうようになった。主宰者は一応私自身である。私としては〝朗読を通して短編小説の魅力を伝える〟をモットーとした。

読む作品も私のものばかりではなく、広く藤沢周平、山本周五郎、向田邦子、中島敦、瀬戸内寂聴などなどの短編を選んだ。〝朗読21〟は二十一世紀の誕生の謂《いい》であり、平成十八年（二〇〇六年）より鴨下信一さんの演出を受けている。朗読は阿刀田慶子を中心に、白坂道子、中村敦夫、森ミドリほかの協力をえて、充実を図った。この方面には私自身、まったくの素人なので運営はむつかしい。

少しずつわかったことだが朗読はそれ自体一つのジャンルなのだ。演劇とも異

なるし一人で読む読書とも明らかにちがう。

演劇では役者は基本的に自分の役に専念する。朗読者はすべての登場人物に適応しなければならないし、情況を広く読み込まねばならない。滑舌をよくし明晰《めいせき》に読むことがよく言われるが、それ以上に内容をよく理解し、それを音声で伝えることが大切だ。同じ表現でも本気なのか、ジョークなのか、まちがったら話にならない。この意味でも朗読者は演出を兼ねているところがある。

読書とのちがいは明白だが受け手の立場から言えば、一人で自由に読む読書と、原則として与えられたものを聞く朗読とでは〝自由さ〟が異なる。読書はどんな本でも、長いのも短いのも自分の好みで自由に、自分なりに解釈して読める。朗読は耳から入って楽ちんではあろうが、朗読者の標準的な解釈で読むから、これを嫌う人もいるだろう。

私は長いあいだ朗読をそばで見聞して、これがほかとはちがう技芸であり、くり返して言うが、

――一つの独立したジャンルなのだ――

と確信し、それなりの対応や研究がもっと盛んになってよいのではないか、と考えている。

〝朗読21〟の会の運営は、十九年も続けて充分に厄介だ。赤字団体だし、不充分のそしりはまぬがれない。妻には、

――よくやってるなあ――

と応援しながらも私はあい変わらず素人なのである。

大震災①

平成二十三年（二〇一一年）三月十一日の午後、私は新聞社のビルの最上階に近い会議室で国語問題について話し合っていた。いきなり大きな揺れが起こり、机の下に身を隠しかけた。が、間もなく収まったので一同、

「すごい揺れでしたね」

「まいったな」

あわてふためいたことに狼狽《ろうばい》を覚えながら笑い合ったが、そのとたんふたたび大きな揺れがやって来た。もう一度、机の下に体を隠したのではなかったか。

すなわち東日本大震災である。

「震源地はどこだ？」

「北のほうらしいですよ」

新聞社にいながら正確な情報がなかなか入って来ない。支局がうまく機能していないらしい。それ自体がかなり大きな地震の証左だろう。

会議はもちろん中止。三十分ほど様子をうかがい、階段をどんどん下りて外へ出た。とにかく日比谷公園のほうへ向かった。途中帝国ホテルの脇を通ると、まだこのときはタクシーを待つ人がいた。

私は、この夕刻、妻と六本木で待ち合わせて芝居を見に行くことになっていた。

携帯電話がなんとかつながり、

「すごい地震らしいわよ」

妻は六本木のティールームにいた。

「芝居は無理だろ。とにかくそこにいてくれ。行くから」

地下鉄はストップ。タクシーももうつかまりそうもない。私は歩いて行くことにした。四キロくらいの距離だろう。道路は次第に混み始める。車道の車はほとんど動けない。歩道は人で溢れてユルユル歩きだ。

妻は二時間ほど待っていた。ティールームは、すべての席に人が座っていたが、店員はすこぶる好意的で、

「どうぞ、どうぞ」

と精いっぱいのサービスだ。もう夜になっていたから、とにかく、

「腹ごしらえをしよう」

キッチンの使えないレストランが多く、馴染みの中華料理店へ行った。

「なんだかものすごいみたい」

事情はまだよくわからなかった。家にはとても帰れそうもない。上海焼きそばを食しながら家族へ連絡をとった。

大震災②

東日本大震災の夜、私は妻と二人で六本木の中華料理店で、とりあえず夕食をとった。

――まず腹を満たしておこう――

もしかしたら、これはずっと昔、空襲を体験した世代の知恵なのかもしれない。情況は少しずつわかってきて、

――大変な災害らしいぞ――

私の家族とは連絡がついてみんな無事らしい。中華料理店の女主人は、いつにも増して厚い好意を示してくれ、

「いつまでいらしてもいいですよ。店でお泊まりになっても」

本当にみんなが親切だった。

さいわい息子が独り赤羽橋に住んでいて、これは近い。三キロほど歩いて行った。そこでテレビを見て災害のすさまじさを初めて知った。

――津波って大通りをまずまっすぐに走るんだな――

途中の、横へ行く道を無視してまず直進、それからおもむろに横へ入る。そんなことを考えて、ただ、ただ圧倒され、驚き、あきれていた。

翌日は車で無事に家へ帰り着いたが、大惨事の実情がそれなりにわかるのに日時を要した。各地での火災、そして原子力発電所の恐ろしい事故……。全貌に近いものがわかるのは三日くらいたってからではなかったか。

――なにか役に立つことをしたい――

と思っても直後はなにもできない。

一週間ほどが過ぎ、現地に……あまりに被害地が大き過ぎてどこが現地と決めにくいところもあるのだが、どこであれ、

──私が行って役に立つところなんかどこにもない──

これは判然としている。

簡単に行けそうもないし、そう、医療の技術でも持っていれば少しはたしになるかもしれないが。

──車の運転さえできない爺さんになにができる──

一カ月たってもこの事情に変わりはなかった。

──小説家なんて無力だな──

しみじみ思った。この思いは大惨事の日以来今日に至るまでずっと続いている。なにをやっても高が知れている。個人の多少の尽力など、みんな吹き飛んでしまう凄惨な現実だった。

原子力災害

私は大震災前の東北の太平洋海岸を何度か旅している。険しい風景もあるが、それを含めていつも美しい海だった。

その海が地獄さながらに荒れ狂った。

しかし、また間もなく美しい、豊饒《ほうじょう》な姿を取り戻すだろう。遠く、近く、美しい青を私たちの眼に映してくれるだろう。

そのことを思うとき、震災の直後も一カ月後も、一年後も、そして今も、(どこまでも傍観者の立場であることを自戒しながらも)遠藤周作の言葉を思い起こしてしまうのだ。

〝人間が　こんなに　哀《かな》しいのに　主よ　海があまりに　碧《あお》いのです〟

キリスト教徒でない私は〝神よ〟と言うべきかもしれない。言葉を絶する災害であったが、二つのことを、二つの違いをしっかりと区別して考えねばなるまい。

一つは大自然は必ずどこかでトンデモナイ猛威を振るうものだ。それに関わる対策を、事前に、事後に怠ってはなるまいが、これに苛《さいな》まれることは、みずからも自然の一部である人間の宿命であろう。これを現実として備え、さまざまな覚悟も持たなければなるまい。

が、もう一つは、今回の災害には、原子力発電の失敗という、まったくべつな要因がある。本当の被害はこちらではないのか。この二つを峻別《しゅんべつ》することこそが肝要なのではないのか。原子力は神の、大自然のルールを超えて人間が踏み込んだ世界なのだ。踏み込むならば、どこまでも謙虚で、慎重で、熟慮に熟慮を重ねたものでなくてはなるまい。私はこの大災害を東日本大震災と呼ぶのではなく、東日本原子力災害と呼ぶべきだと考える立場である。

みんなお金がほしかろう。仕事も確保され、収入も安定し、企業も国家も経済的に豊かでありたい。原子力産業は、全体図は複雑でも、要は〝だから、そのためにこれが必要なんだ〟を根拠としている。

本当にそうなのか。年数をかけてでももっと賢い方法はありえないのか。「お金、我慢するよ」と、その覚悟はあるのか。確実なのは、今のままでは、また同じことが起きるだろう。美しい海を眺めながら、私にはこの程度の思案しか浮かばない。

山梨県立図書館

平成二十三年（二〇一一年）の秋深く、東日本大震災の後日談があちこちで報告されているころだったか、いきなり、

「新しい山梨県立図書館の館長をやってくれませんか」

甲府駅のすぐ近くにリニューアルして来年開館の予定とか。県外に、東京に関わりを持つ人で、図書館や読書に関心のある人を就任させたい、と、それが、県知事の横内正明《しょうめい》さんのプランらしかった。知った方ではない。

それどころか、私は山梨県について、なんのゆかりもない。足を踏み入れたことは何度もあるけれど、生まれ故郷じゃないし、県内の学校や企業に関わりを持ったこともなかった。親戚もいないし、親しい友人も、

——だれかいたかな——

これだけ縁の薄い県は珍しいほどであった。

加えて私はつい先年まで日本ペンクラブにあって少しややこしい仕事を担当し

ていた。組織に籍を置くことに倦怠《けんたい》を感じていたのである。

——静かに原稿でも書いて暮らしたいな——

と念じていた矢先だったから、本気で就任をお断りしたのだが、出版界の知人や読書運動を進める仲間などから「やるべきよ」と、おだてられ就任を決心した。県立図書館のほうからは「ややこしいことは極力ないようにしますから」と、ありがたい約束を示していただいた。

この仕事を、なんと！　平成三十年（二〇一八年）の三月まで六年間余りも続けてしまったが、その間、本当にややこしいことは少なかった。主な役割は……東京から友人・知人を招いて講演会を開くこと。浅田次郎さんや角田光代さんなど皆さん、ありがとうございました。私自身も講座を設け、百数十名の県民諸氏を前に古典について半端なお話を試みた。図書館の事務については副館長を始めとする多くの館員が手際よく対応してくれて、これもしみじみありがとうございました、である。就任したときに、

——サン・ジョルディの日を実現したいな——

と考えたのは本当だった。

サン・ジョルディの日……これはスペインのカタルーニャ地方の風習で、四月

二十三日に女性が男性に本を贈るのだ、とか。昔、昔、バレンタイン・デイと同じように日本でささやかれたこともあったが、チョコレートのほうだけが国中を席巻《せっけん》してしまった。そこで、

——せめて山梨県の中だけでも——

県立図書館が音頭を取ってサン・ジョルディを復活させてもよいのではないか。

県知事が頷き県庁が主催して、名称こそ〝やまなし読書活動促進事業〟と変更したが、十一月に重点を置く催しとなった。すなわち県下に本を贈ることを広報して習慣化を狙い、さらに本を贈られた喜び、贈った思いなどを綴った作文コンクールも事業にそえた。毎年計画され少しずつ成果が示されているのは、うれしい。

〝図書館は本屋の敵だ〟という困った文言が昨今ささやかれて、なるほど、図書館が無料でやたら本を貸し出したら小売店は苦しいかもしれない。だが協力しあって読書そのものを大衆の恵みとすることを主眼とすれば協調はできるはずだ。山梨県では図書館と書店とが少し仲よくなったし、この視点は全国的に肝要なことだろう。読書離れや書店の閉店が繁く言われる今、さらに一層推し進められてよいことだろう。

読書離れ

活字離れ、読書離れは、まったくの話、ずいぶん前から言われているが、ここへ来て、さらにスマホなどＩＴ機器の普及によりひどくなった。電車に乗ってもスマホのたぐいを楽しむ人は多くいても本を読んでいる人は（新聞を読む人は少しいるけれど）本当に少なくなってしまった。

考えてみると、紙に文字を記して情報を伝えるという方法が広まってこのかた五百年（中国ではもっと古いが、ここではあえてわかりやすくグーテンベルクこのかた、とするが）これがどれほど大きな力を社会に及ぼしたか、私たちの知的活動はほとんどすべてにおいてこれと深い関わりを保ち続けてきた。くどくど説明する必要はあるまい。

それがＩＴ機器の発達・普及により大きな曲がり角に立つこととなった。この影響は本当に、本当に計り知れない。私たちの知的活動の、すぐには見えにくい、気づきにくいところにまで微妙に染み込んでうごめいている。

たとえば……スマホでも読書はできる。しかし、これで今までのような読書をする人は少ないし、情報を簡単に、広く、安く入手できることは確かであるけれど（その価値はけっして小さくないけれど）古い読書は、苦労して情報を手に入れるぶんだけ優れた情報への敬意を生み、それを示してくれた人への尊敬も培われる。読書にはこの効能が思いのほか大切なのだ。

ニュース情報も簡単に手に入り、これは時には命を懸けてまでその情報をつかみ報道してくれたジャーナリストへの思慕をないがしろにしてしまう。新聞は売れなくなり、新聞社は優秀なジャーナリストを育てられなくなる。今、日本ではフリーのジャーナリストがいろいろなところでよい仕事をしているが、彼らのほとんどが新聞社で修業した人なのだ。新聞の衰退はよきジャーナリストを失う可能性を高くするだろう。

出版界も同様で、これまでは優れた出版社が卓越した編集者を作り、それが世界に冠たる良書の普及を支えてきたのだ。ＩＴ機器の普及はよき編集者の誕生を弱体化させ、古典はともかく新しい良書を市場に送りにくくするだろう。しかし私たちは否応なしにそんな曲がり角に立たされているのだ。

書き込み

ある日あるとき、エドガー・アラン・ポー全集の目次を見ていて、

——これ、なんだろう——

〝マージナリア〟という三十ページほどのエッセイがあった。『黒猫』や『黄金虫』などポーの作品はあらかた知っているつもりだったので少し驚いた。

マージナリア（marginalia）は〝本の余白への書き込み〟であり、たとえば、夏目漱石の『吾輩《わがはい》は猫である』の、どのページかの余白に〝猫がこんな意見、言うのかよ〟などと読みながら書き込む、これである。

ポーは入念な読書家であったから本を読みながら、いろんな書き込みを綴ったにちがいない。それを抜き出し、まとめて三十ページほどのエッセイ集とした、という事情である。

実際には一つ一つ結構長い文章が多く、

——こんなにたくさん余白に書けないよなあ——

と思ってしまうが、ポーもそれをよく心えていて、そういう気分で書いたもの、

つまり本を読みながら、その中身と、その著者と意見交換をして、自分の側の考えをバラバラに抜いてまとめた、という作品だ。

ポーの意見もおもしろいが（相手の考えを記したページが併記されていないので、わかりにくいところもあるが）それとはべつに、

――これが大切な読書法だな――

と私はうれしくなってしまった。

読書は自分の好きな、おもしろい本を気楽に読んで、

――楽しかったな――

それで充分、それで完結、ここにこそ醍醐《だいごみ》味がある、と言ってよい側面もあるけれど、一ページ目からじっくり読み進み、著者の考えを追い、まさに対話をするように、すなわちマージナリアをやって結末に至る、これも肝要だろう。

若い人には、とりわけ勧めたい。

「厄介でしょうけど、勉強のつもりで少し骨のある本に挑戦してみてください」

とりあえず一冊でいい。岩波新書あたりを探せば、ふさわしいものがあるだろう。好きなテーマが見つかるだろう。一冊か二冊、マージナリアを試みればこれからは断片的な読書でも充分に全体に思案を広げることができる、と私は思う。

ダイジェスト①

「ダイジェスト」と聞いて、どんな印象をお持ちだろうか。

スポーツ・ダイジェストのようなテレビ番組を思い浮かべて、

「いいねえ。大事なところがよくわかって」

と呟く人もいれば、読書については、

「ダイジェストなんかで、ごま化しちゃ駄目だよ。ちゃんと原典を読まなきゃ」

と嘆く人もいる。

どちらも頷ける。

だが、あらためて考えてみると、私たちは広く、ほとんどすべてにわたってダイジェストによって頭を養い、生きているのだ。

会社への就職を願って、

「東芝って、どんなとこ？」

「日本を代表するメーカーだよ。このごろちょっと会計で大きなミスをやってるけど」

ダイジェストにして説明するだろう。

「スモウ、なんですか」

外国人に問われて、

「土の上に五メートルくらいの輪を作って、裸の力士が一対一でぶつかったり押し合ったり、輪の外に相手を出すか、倒すかしたほうが勝ちなんだ」

もう少しなにか加えるかもしれないが、やっぱりダイジェストである。

初めてフィレンツェを訪ねたときガイドが私を小高いミケランジェロ広場に案内して、街の全貌から説明してくれた。

——これもダイジェストだな——

と感心した。

すべてを知ることなんてできない。私たちは結局よいダイジェストで頭を豊かにしているのだ。確かに読書については安易なダイジェストは害もある。原典をしっかり読むのがよいのは正論だ。

しかし読むべき本はあまりにも多い。ダイジェストの弱点を言うあまり、私たちはこの方面でよいダイジェストを創るのを怠っていないか。

私が『ギリシア神話を知っていますか』を執筆出版したのは、むしろ偶然であったが、その後、旧約聖書、新約聖書、コーランなどなど、いろいろな（主として人類の古典をテーマに）ダイジェストを綴ったのは、わがことながらこんな意図があってのことだった。

ダイジェスト②

結局のところ私たちはダイジェストによって多くの知識を自分のものとしているのだが、それが〝あまりよくない〟と言われがちの読書についても、よいダイジェストなら充分に役に立つ。

〝本は原典を精読すべきもの〟は正論であり、先に触れたマージナリア式の読書はすこぶる大切だが、これとはべつにいくつかは熟読し、他は必要に応じてよいダイジェストを求める、これが実際的に役立つ読書法だろう。読書離れが言われているが、なんらかの形でよい情報を頭に、身近に、備えることは絶対に必要である。道具が紙の本であれ、新聞であれ、ＩＴ機器からもたらされるものであれ、収集の方法も含めて留意すべき一定の道があると思う。

そしてよいダイジェストとは……『知っていますか』シリーズなどいくつかの古典のダイジェストを実際に執筆出版した私が述べるのは、おこがましいところもあるけれど、あえて記せば……古典のダイジェストを創るのは縮図を作るのとはちがう。作り手が古典をよく理解しているのは当然として、ダイジェストを通してなにを伝えるか、良識にそいながら作り手独自の考えが明確で、それを中軸にしてくわしく述べるところ、まったく無視するところ、まだらな絵を描くような方法が肝要なのだと思う。

数年前『源氏物語を知っていますか』を書いた。私はこの方面の専門家ではないが、世界に冠たるこの古典をそれなりに愛読していた。勉強もしていた。が、専門家がわんさといるのになぜ私が綴るのか。

十年ほど前、カナダに赴き、多くの日本文学研究者と語り合った。『源氏物語』のファンが多く、ほとんどがアーサー・ウェイリーやサイデンスティッカーの訳で親しんでいる。千年前の文学であることは充分知っているが、訳されている文章は現代文そのもので（日本人が現代語訳を読むのとおおいにちがって）〝源氏の君が御簾《みす》のうちに入りたまう〟は、

“Genji entered the curtain”とバルザックやチェーホフの翻訳と変わらない、このあたりを留意して現代の小説家である私が『源氏物語』を現代の小説としてダイジェストしてみよう、と考えたのだった。

ダイジェスト③

四十年ほど前に『ギリシア神話を知っていますか』を書いて好評をえた。ギリシャ神話をやさしく解説したエッセイである。その後、同じように『旧約聖書を知っていますか』や『新約聖書を知っていますか』を上梓し、古典を私なりにやさしくダイジェストする趣向が私の定番となった。

必ずしも『……を知っていますか』と題したわけではないが、コーラン、古事記、イソップ、シェイクスピア……次々に書いた。こころは〝古典や名著はおもしろい。価値も高い。やさしく、おもしろく解説したい〟であり、続けるうちに文筆家として、

——これも大切な仕事——

と考えるようになった。

もともと図書館員であった私はエンサイクロペディスト、つまり百科事典のようにそう深くはないが、一通りなんでも眼を通す半可通であり、こういう仕事には向いていたのだろう。『源氏物語』に触れ、昨今は夏目漱石にも挑戦し、谷崎潤一郎にも触手を伸ばしている。

いつも心がけていることはなにか一つくらい私がそれをダイジェストすることのオリジナリティを示すこと。なぜ私なのか、という視点を持つことだった。『源氏物語』なんて、すでに多くの人が解説を著している。私としては、小説の実作者として、この物語を二十～二十一世紀の、いわば小説の黄金時代のものさしでながめ直すこと、それが心がけた点であった。

夏目漱石については、日本語はこんなふうに書くもの、と代表例をみごとに示したこと、そして思想性の深さは文句なしにすばらしかったが、〝小説は下手だった〟と、この一行を綴るのは、かなり辛く、度胸のいることであったが、現代の実作者として、これは私の実感であり、主張である。

とりわけ後半生のいくつかの作品は（『こゝろ』はべつとして）病苦のせいも

あったろうが、小説の姿がかなりわるい。そしてもう一つ、漱石が良識あるヒューマニストであったことは疑いないが（明治という時代を考えれば仕方ないことだが）女性軽視の傾向は否めない。これは二十一世紀の国民作家としては不足が大きい。長所は長所として高く評するとしても弱点はしっかり見すえておこう、と、これが私の考えである。

昨今の仕事としてカルチャー・センター「慶應丸の内シティキャンパス」の講師を務めているが、これも今述べた古典のダイジェストが始まりだった。主催者が、

「日本人は聖書の知識が薄い。海外と交際するとき、これは絶対必要だ」

と考え、宗教を離れて文化としてキリスト教を知る必要性を感じたらしい。私に白羽の矢が立ったのは、うれしかった。旧約・新約と、私なりの知識を披露したが、そのうちに、

「本職の小説について、なにかお話を」

と勧められ、内外のおもしろい小説をテーマに十数人の聴講者とともに話し合うようになった。読書会と言えばわかりやすい。が、このセンターには丸の内界《かい》隈《わい》で働く現役のサラリーマン諸氏の受講が多く、すこぶる熱心である。小説なん

てこれまであまり繁くは読んでない諸氏が、

「こんなにおもしろいものなんですか」

と楽しむのを見て小説の実作者として眼から鱗《うろこ》の落ちる驚きとともに喜びをえている。私は稲門の出身だが、この文化教室については、

「慶應さん、やりますね」

なのである。

夏目漱石①

事情をもう少し詳しく述べれば、夏目漱石については、ずいぶんと若いころからよく読んでいた。感動も大きかったが、折々に少しく疑問を抱かないでもなかった。

私事を述べれば『源氏物語を知っていますか』を執筆・出版したあと、同じ出版社の同じ編集部から、

「漱石はどうですか」

と勧められ、

——よし、やってみようか——

意を決して『漱石を知っていますか』の執筆に取りかかった。

漱石についてはすでに多くの人が優れた論評・解説を公にしている。にもかかわらず私が特異性（オリジナリティ）として主張したことは〝日本の近代文学の揺籃期に卓越した道を拓《ひら》いた文人であり、思想は深かったが、小説については、下手だった。文章は滅法巧みであったけれど〟である。

偉大なる漱石については〝小説は下手だった〟と呟くことは相当に度胸のいることであり、誹《そし》りを受けるかもしれないが、小説のようなジャンルにも（自然科学では明らかのように）時代とともに進歩があるのだ。漱石のころの日本は、古くからの文学のよい伝統を（中国の影響もあり）保持していたが、フランスを中心に十八、九世紀に新たに、著しく台頭してきた小説については知識も技術も不確かで、なにを、どう書いたらいいか、不足があった、と私は思う。『吾輩は猫である』は日本語文の確立には大きな役割を果たしただろうが、冗長でストーリー性を欠き、知識をひけらかすようなところが多い。『坊ちゃん』はよくできているが、軽い。本当によいのは『それから』だろう。晩年の作品は内容は深くとも、構造がひどい。

そして『こゝろ』は、すばらしい作品だ。私は大好きで、いっときはとことん惚れ込んだが、やがて、

――これって女性軽視文学じゃないの――

〝先生〟は妻にこそ真実を打ち明け、語り合うべきだったろう。たまたま鎌倉の海で知り合った青年にのみ自分の人生を告白し、勝手に自殺してしまって、

――よく、女性の読者が、この小説を許すなあ――

と昨今は案じ続けている。

夏目漱石②

われらが夏目漱石について、もう少し私の勝手な考えを記そう。

漱石が広い知識と深い洞察力を持った文学者であったことは疑いない。人間としてヒューマニストであり、良心の人でもあったろう。

しかし、明治という時代には、

――どうしようもなかったんだろうなあ――

漱石の小説には、女性軽視がまちがいなく伏在している。いや、顕在も見える。漱石の本意ではなかったとしても時代がそれを綴らせている。ふと気がつくと、女性で「漱石、大好き」という読者は、現代ではわりと少ないのではあるまいか。『こゝろ』についてはすでに触れた。〝妻に恐ろしい真実を語るのは、あまりにもむごいから〟というのが〝先生〟の沈黙の第一の（この理由だけではないにしても）理由なのだからこれは悪く言えば〝女は馬鹿だから真実を明かさない〟に近い。

少し詳しく言えば『門』においてはお米が安井と別れたとき、彼女の意志はどこにあったのか、肝腎なところが抜けているし、『行人』では女性を信用してないし、『道草』には、はっきりと女性の愚劣さが言葉になっている。

――漱石は人間の平等を熟慮し、ことさらに女性を軽視するつもりはなかっただろう――

とは思うが、作品の底部にはそれが流れている。

「流れてたってていいだろ。明治の文学なんだし……それも一つの判断だ」

という声もあるだろうし、それを私はまちがった文学観とは思わない。

が、少なくとも漱石をして国民的作家として敬愛するならば、今、この二十一世紀において、女性の立場を熟慮すべきこの国において、

――女性軽視は国民的文学ではありえない――

これが私の漱石観である。浅慮かもしれない。

昨今は『夢十夜』が好きだ。自分の創作の深いところで、ほとんど無意識に近いところで示唆がある。漱石の文学は一生読み続けてきたので、読んだ年齢ごとに印象がちがい、そこがおもしろい。

小説とは①

――小説って、なんだろう――

若いころに考え、確かな答をえられずそのまま小説家を生業《なりわい》として四十有余年を過ごしてしまった。今でも考え続けているが、いっこうに解答がえられず、

――私はこの仕事に向いていないのではあるまいか――

と疑うこともある。

辞書を引くと、答はもちろん書いてある。定義が示され、坪内逍遥《しょうよう》がnovelの訳語として用いたのだとか。しかし、これをいくら調べても釈然としない。実作や批評のたしにならない。

そこで……ずいぶん前から小説について言われる言葉を、格言のようなものをノートに留めてみた。作家や研究者、あるいはだれとはわからない人が述べた、うまい言葉である。これは役に立たないでもない。アト・ランダムに綴ってみよう。

＊おもしろい話を語るのが小説です。

だれが言おうと真実だろう。世間にはおもしろくない小説もあるけれど（それにも一定の価値があるけれど）小説について考えるとき、この一行はけっして忘れてはなるまい。

＊小説はすべてミステリーだ。

私の信条であり、松本清張もきっとこう考えていただろう。狭義のミステリーではなく、なにかしら謎が示され、謎が深まり、それが次第に解けて大団円に至る。これが小説にとって望ましい構造であり、おもしろさにも通じている。恋愛小説だって、この言葉と無縁ではあるまい。この男女、どうなるのか、と。

＊小さな説です。

読んで字の如《ごと》し。逆に大説という言葉もあるらしいが、小説は大言壮語を述べるのではなく、身のまわりの小さなこと、「私、こんなつまらないこと考えているんです」と遠慮がちにさし出すべきもの、しかしその実、それが人間の真実であるようなもの、それが小説なのかもしれない。ゆえにフィクションもよし、トンデモナイ想像も許される。〝小さな説〟のわりには、「小説家は偉そうな顔をしているじゃないか」

まあ、まあ、まあ、それは言わないでおいてください。

小説とは②

引き続いて小説についての格言を私のノートから引いて述べれば、

＊革命に資するものを知らせること、それが小説の役割だ。

少し古いが、毛沢東の『文芸講話』などに見られる主張である。革命をやっている人がこれを言うのは理解できるが、これでは一般的な文学論にはなりにくい。

昔、これを知ったときには全面否定だったが、昨今は革命を〝社会的大事業〟と考えれば、この格言も内容的に〝あり〟かなと思う。〝核兵器の廃絶に役立つ〟小説、〝地球温暖化に警鐘を鳴らす〟小説、大所高所からこれらをひたすら訴える作品もあってよいだろう。この格言は読み替える必要がありそうだ。

＊社会全体が是とするものに対して個々の真実を訴え叫ぶもの、それが文学だ。伊藤整のエッセイ『藝術は何のためにあるか』で（少し古いけれど）顕著に語られているが、たとえば結婚制度、社会全体がよしとするものだが、それに背いてでも貫きたい個としての情愛がある。これを否定したら人間否定になる。このあたりを吐露するのが文学であり、反社会的であることを恐れてはなるまい。漱石の『それから』をよしとしたのも、このロジックかな。

＊小説とは男と女のことを語るものです。

山口瞳さんの言葉だったと思う。これとはちがう小説もたくさんあるけれど、やっぱり〝男と女のこと〟こそが小説のもっとも得意とするところですね。

＊成長小説こそ小説の王道だ。

ビルドゥングスロマンとも言う。若い主人公が登場し、いろいろな体験をへて成長していく。たとえばロマン・ローランの『ジャン・クリストフ』など。確かにこれが王道でしょう。短編小説にもこのパターンがないでもない。
＊美しい、正しい文章を示すこと、それが文学の役目です。
これも一つの真実。平凡なこと、月並なこと、なんであれ美しく、正しい文章の提示は大切だ。
＊恵まれない人への光。
これも充分にあってよいパターン。

いろいろな格言のあること自体が文学の多様性なのだろう。

究極の理想

少しく〝小さな説〟を離れよう。

昭和二十年の秋遅く、快晴だった。私は小学五年生、新潟県の長岡に住んでいた。学校の先生から、

「もう日本は戦争をしないんだ。軍隊も持たない。憲法で決めるらしい」

と教えられた。

長岡は空襲で市街の四分の三を失い、みんなが悲惨な、とげとげしい日々を送っていた。私は戦時中こそ軍国少年で、〝兵隊さんになって天皇陛下のために死ぬんだ〟と思っていたが、次第に、

――日本は勝つのかな。こんなひどい戦争やってていいのかな――

疑いを抱いていたし、育った家庭が比較的進歩的だったから敗戦直後にはすでに、ぼんやりとであったろうが、平和な日本を願っていた。先生の言葉を聞いて胸のつかえが晴れ、そのときの清らかな青空が忘れられない。〝崇高な理想を深く自覚〟し〝諸国民の公正と信義に信頼して〟まる腰になることを知ったのはもう少し後だったろう。

「わるい奴《やつ》に攻められたら、どうする」

それを訴える仲間もいたし、私自身も考えた。そして結論は、

――その時は死ぬのだ――

つい先日まで天皇のために死ぬ覚悟があったのだ。理想のために死んで、なにがわるかろう。青い空のイメージとともにこの思案はずっと私の中に残り続けている。まったくの話、赤紙一枚で召集され、なんのためかもはっきりせず犬死したケースは山ほど聞かされていた。高い志のため国際社会の蛮族に殺されても仕

方ない。

まともな大人の考えとして、平和憲法を守ること、それも命がけなのだ。ひどい侵略があれば無力である。国際協調は死にものぐるいでやっていかねばなるまい。が、憲法九条は人類が到達すべき究極の理想なのだ。軽々には損なえない。

私は個人の倫理として〝人を殺すくらいなら自分が死ぬ〟と（本当に実行できるかどうかはともかく）信じている。同意する人もいるだろう。同じことを国家の倫理として言うのは……政治家はむつかしかろう。しかし小説家は「まさかのときは平和を守って死ぬのです」と、これは個人的な〝小さな説〟だろうか。

座右の銘

極論ではあろうが〝人は自分自身について語るとき、それはつねに自慢話である〟と私はこう放言する立場である。卑下したり失敗を語ったり、マイナス面を言うときも、これは裏返しの自慢であることが多い。

かくてこの本書も……私自身の生きて来たくさぐさを綴った本書も自慢のオ

ン・パレード、例外ではあるまい。屋上に屋を架す思いで、開き直り、もう一つ私のおいしい話を綴ってみよう。

私の略歴を見た人から、

「初めから狙ってたんでしょ、小説家を」

と言われたことがあった。

私は大学の文学部で学び、図書館に勤務し、そこを退職してフリーとなり、間もなく直木賞をえている。大学は早稲田大学の文学部で、ここは「石を投げると小説家志望に当たる」と言われるほど憧れを抱く人が多く、事実、多くの作家を輩出している。

卒業の後に勤めた図書館は給料をえて生活を保ちながら習作するに適している。頃あいを見て退職し、文学賞をえて作家となる、と確かに典型と言ってよいほどのコースを私は歩んでいる。

しかし、ちがうのだ。私は、そのつどそのつど、

――どうしよう、仕方ないか――

迷いもしたし、やむをえず行く道を決めたり、はっきりとした計画性とは縁遠かった。結果として幸運に恵まれ、帳尻が合ったようなものである。たくさん読

書をしたのも病床のつれづれだったし、小説を書くことも注文を受けて初めて筆をとったのであり、若いころから志していたわけではなかった。小説家になる能力など、備わっていない、と思っていた。

読書好きも幼いころ言葉遊びに親しんだせい、と、このエッセイに綴ったが、これもよくわからない。短編小説をよく読んだのも病床で根気がなくなったせいと記したが、これも一生を顧みると、そうとばかり言い切れない。少しヘンテコな脳みそを持って生まれたせいかもしれない。

八十年を超える人生を振り返って〝シンプル・イズ・ザ・ベスト〟、簡単なものが好きなのである。食べ物はあまり手を加えず原材料をそのまま生かしたものが好みだ。衣服は単色が好きだし、住まいもシンプルで、飾り棚にいろいろ置くのは面倒くさくて厭である。読むのも書くのも短いのが好みで、それが持って生まれた私の脳みその特質らしい。

それにしても人間の脳みそとは、どういうものなのだろう。どんな特徴を持ち、それをどう育てたらよいのだろうか。自分のことを熟慮してみたが、わからない。案外、生まれつきあら筋は決まっているのかもしれない。迷ったり選んだり努めたり、仕方なかったり、それもこれもみんな天与の定め……。そうなると、少し虚《むな》しい。

昨今は死を意識することも多く〝花は散るために咲く〟と勝手に箴言を創って座右に置いている。花は散るからこそ美しい。人も、私たちの営みはすべて死を意識することから中身を濃くしてきた。少なくとも文学はそうだ。ＡＩは死ぬことができない。

――ざまあみろ――

ここにおいて人はＡＩより優れている。残された余生はこのあたりを考えよう。

あとがき

本書は日本経済新聞の〝私の履歴書〟欄に連載したもの（二〇一八年六月一日〜三十日）と、東京新聞の〝この道〟欄に連載したもの（二〇一七年六月五日〜八月二十九日）を合わせ、取捨選択のうえまとめたものです。

類似の企画であったため、文章・内容に重複するところが残ったことをお許しください。

つたない一書ですが、いつのまにか小説家になったプロセスを、そのまま綴った次第です。気軽にお読みいただければ、この上ない喜びです。ありがとうございました。

著者

解説

山前　譲

二十代の頃、会社勤めをしていたことがある。東京は港区南青山、鉄道王として知られる実業家の初代根津嘉一郎《かいちろう》のコレクションを所蔵していた、根津美術館の脇の坂を下ったところに本社があった。南青山は「おしゃれな街」というイメージがあるかもしれないが、そのあたりになるとまさに下町で、老夫婦が切り盛りしていた安い定食屋やボリュームたっぷりの肉団子や卵焼きが美味《おい》しい総菜店が、安月給の身には有難かったものである。

ただ、田舎育ちの身には（とは限らないだろうが）東京の朝の通勤ラッシュはきつかった。まだ冷房のない電車もあったと思う。それで、どうせ残業するならと、自主的に早出をすることにした。最寄り駅は地下鉄の表参道駅だったが、さすがに朝の七時くらいなら夏でも涼しい。人通りも少ない。快適だった。そんな通勤時に、なんだか見知った人が反対側の歩道を歩いていたのである。あれ？

誰だろう？　このあたりに住むような知人はいないはずだが……阿刀田高氏だった。

阿刀田氏が「来訪者」で日本推理作家協会賞の短編部門を、そして短編集『ナポレオン狂』で直木賞を受賞したのは一九七九年である。その数年後の出来事だったろうか。人気作家の道を一気に駆け上がっていた頃である。小説雑誌のグラビアによく取り上げられていたから見覚えがあったに違いない。しかも、書籍には著者近影が添えられているのが普通だった。奥付に作者の住所を記す出版社もあったほどである。今は性別も年齢も不明な作家がかなりいるが、当時は個人情報の管理が厳しくはなかった。ストーカーの被害は……今ごろになって心配しても遅いのだが。

もちろんサインを求めるようなことはなく、遠目に散歩（？）している姿を眺めるだけだった。通勤の行き帰りで一冊読み終えてしまうほど読書好きではあったけれど、作家なんてまったく別世界の人と思っていたからだ。まさか後に、日本推理作家協会の理事長に就任した阿刀田氏から、直々に電話を……などと、思わず我が身の来し方を顧みたくなるのも、二〇一九年一月に日本経済新聞社から刊行されたこの『私が作家になった理由《わけ》』が、阿刀田氏の自伝的エッセイだからである。
「日本経済新聞」に連載した「私の履歴書」(二〇一八・六・一〜三十)と「東京新聞」に連載した「この道」(二〇一七・六・五〜八・二十九)を再構成したものだ。双子の兄として生まれたところに始まって、戦争に翻弄された少年時代、父を亡くしてからの生活苦のなかでの早稲田大学への進学、在学中に発症した結核、その病歴が災いしての就職活動の苦労、国立国会図書館への就職、そして文筆活動への足がかり……。

そうした人生の節目節目で語られる読書体験が、作家活動の基盤となったことが分かる。ちなみに冒頭で紹介されている言葉遊びは、阿刀田氏とすれ違った頃にミステリー・ファンの集まりでよくやっていたものだが(五マスで制限時間が一分というもっと厳しいルールで)、わたしの脳細胞はさほど刺激されることはなかったようだ。

結核療養所のベッドに寝転がってひたすら本を読む……日本の文学に多少興味のある人なら、作家に肺の疾病にかかわるエピソードの多いことは気付いているだろう。

ミステリー界ではたとえば横溝正史氏だ。一九三四年、肺結核によって長野県の富士見高原療養所での療養生活を余儀なくされる。当時はストレプトマイシンのような抗生物質が日本にはなく、ただひたすら安静にしているしかなかった。多少回復しても執筆は一日、原稿用紙で数枚に制限されていた。晩年でも、酒を飲み過ぎた翌朝には吐血したというから、大変な病である。

太平洋戦争後なら結城昌治氏だ。一九四八年に東京地方検察庁の事務官に就職してまもなく肺結核となり、一九四九年から一九五一年まで療養生活を送っている。俳人の石田波郷氏と同室であったことから俳句をはじめ、入院期間中に知りあった福永武彦氏（のちに加田伶太郎《かだれいたろう》名義でミステリーを発表）に薦められてミステリーを読むようになった。

阿刀田氏が肺結核と診断されたのは大学二年生のときだという。やはり入院先で安静にしているしかなかった。無聊《ぶりょう》をかこつためにせっせと本を読む。それも外国文学の短編を——小説家になろうとは思っていなかったそうだが、やはりこの読書体験がなければその道を歩むことはなかっただろう。もちろん、大学ではフランス文学科で学んでいるのだから、文学への関心はあったわけだが。

国立国会図書館に就職するまでのエピソードは、まさに苦渋の選択というところだろうか。しかし、その業務ものちの作家活動の血となり肉となるのだ。三十代、毎日のように国立国会図書館に通っていた時期があるが、まさか蔵書の分類番号を阿刀田氏が書いていたとは知る由もなかった。

今はデジタル化がすすんで検索と閲覧が格段に便利になったが、その当時は昔ながらの蔵書カードを繰りながら目当てのものを探していた。探している作品が掲載されているはずの大衆小説雑誌はすぐには閲覧できず、予約制で、申し込んでから一週間後くらい経《た》って書庫から出されてきた。そして、「欠号でした」と告げられることも少なくなかった。もちろん納本義務のある出版社の怠慢のせいなのだが、何度となくがっかりしたものだ。いや、これは阿刀田氏のせいではないし、その何百倍も恩恵にあずかっているのだけれど……。

ちなみに、あくまでも国立国会図書館であり、国会図書館ではない。何度も阿刀田氏からその違いを指摘されたものだ。たしかに国会議員の職務の遂行に資することが設置目的に掲げられてはいるけれど、国民に最大限の奉仕を行うことも国立国会図書館法に謳《うた》われている。

そして、国民のひとりとしてずいぶん国立国会図書館を活用させてもらったが、阿刀田氏の初期作品を精査する仕事をしていたら、じつは十代の頃から阿刀田氏の愛読者であったことに気付いた。勤務のかたわらにはじめていた氏の文筆活動の一端に、小説雑誌で知らず知らずのうちに接していたのである。その意味では、もう五十年近く、阿刀田作品の愛読者（？）なのだ。

青山のマンションを仕事場にしていたことも本書に書かれている。なんでもそのマンションには向田邦子氏の自宅があり、早乙女貢氏の仕事場もあったそうだ。残念ながら向田氏とは縁がなかったが、粋な着物姿のいかにも時代小説の作家というオーラを発していた早乙女氏とは、何度かすれ違った記憶がある。ただ、当時も今も小説はミステリーにしか興味がないので、失礼なことにさほど感動することもなく……。

すれ違ったといえば、神田神保町の横断歩道で松本清張氏とすれ違ったときには、歩道の真ん中ではあったけれどさすがに立ち止まってしまった。講演会で謦《けい》咳《がい》に接したことはそれまであったけれど、こんなニアミスがあるなんて！

阿刀田氏は中央公論新社版「松本清張小説セレクション」全三十六巻（一九九四・十一〜一九九六・四）を編集している。そこに付した解説は『松本清張あらかると』としてまとめられている。国立国会図書館に勤務していた頃の土曜日、カップ酒とつまみを仕込んでは、三帖《じょう》一間の自宅で松本作品を読んでいたという。

この作家は短編のほうがいい――そう思ったそうだが、阿刀田氏の作家のスタートも短編であった。小説の最初の著書は一九七八年に刊行された短編集の『冷蔵庫より愛をこめて』である。これまでに発表した短編の数は八百を超えているというが、とても正確にカウントする気力はない。集英社文庫からは「阿刀田高傑作短編集」として、『遠い迷宮』、『黒い回廊』、『白い魔術師』、『青い罠』、『甘い闇』の五冊が刊行されていて、その魅力をたっぷり味わえる。そして、「小説はすべてミステリーだ」というのが信条だと本書に記されているが、この傑作短編集が端的にそれを証明しているはずだ。

その阿刀田氏が一九八一年に『ギリシア神話を知っていますか』を刊行したときには、驚いたものである。しかし、本書を読めば、それがけっして唐突に書かれたものではないことが分かるだろう。『アラビアンナイトを楽しむために』、『あなたの知らないガリバー旅行記』、『エロスに古文はよく似合う　私の今昔物語』、『旧約聖書を知っていますか』、『新約聖書を知っていますか』、『ホメロスを楽しむために』、『シェイクスピアを楽しむために』、『私のギリシャ神話』……『ものがたり風土記』（正続）では日本各地で「ものがたり」の舞台を現場検証していた。

そして、数々の文学賞を受賞していくなかで、日本推理作家協会理事長、文化庁の文化審議会の会長、日本ペンクラブ会長、山梨県立図書館館長といった公的な職務も増えている。しかし、阿刀田氏はやはり小説家である。『小説家の休日』、『短編小説のレシピ』、『小説工房12カ月』、『海外短編のテクニック』などと、作家を志す人たちにとって示唆に富むエッセイも書かれていく。

阿刀田氏が南青山から杉並のほうに引っ越したとき、新居が新聞や雑誌でよく紹介された。そのメインは圧倒されるばかりの書庫だった。一冊一冊の書名まで判別はできなかったけれど、それは知の大海としか言いようがなかった。今は数多くの新人賞がある。インターネットでの投稿が切っ掛けとなってデビューする新人も多い。しかし、デビューは小さな一歩である。作家として書き続けていくためには何が必要なのだろうか。この『私が作家になった理由』にそれが語られている。

（やままえ・ゆずる　推理小説研究家）

本書は、二〇一九年一月、日本経済新聞出版社より刊行されました。
初出　「東京新聞」二〇一七年六月五日～八月二十九日
「日本経済新聞」二〇一八年六月一日～三十日

阿刀田高の本

白い魔術師

阿刀田高傑作短編集

幸福の電話に舞い上がった男、だが……「幸福通信」。父の遺言で伯爵に会う日、息子が生まれて……「サン・ジェルマン伯爵考」など、エスプリの妙味を愉しめるペダンティズム短編集。

集英社文庫

阿刀田高の本

影まつり

生きる事の哀歓、奇妙な出来事、不可思議な恐怖……。現代日本に生きる男女の人生と日常の断面を鮮やかに切り取る12の物語。人生の深奥と極上の小説の面白さに充ちた名作集。

集英社文庫

私《わたし》が作家《さっか》になった理由《わけ》

2021年1月25日　第1刷　　定価はカバーに表示してあります。

著　者　阿刀田《あとうだ》　高《たかし》
発行者　徳永　真
発行所　株式会社 集英社
東京都千代田区一ツ橋2-5-10　〒101-8050
電話【編集部】03-3230-6095
【読者係】03-3230-6080
【販売部】03-3230-6393(書店専用)
印　刷　大日本印刷株式会社
製　本　ナショナル製本協同組合

フォーマットデザイン　アリヤマデザインストア　　マークデザイン　居山浩二

ISBN978-4-08-744204-5 C0195